DAS HORN DES HASEN

Das Horn des Hasen

von
Günther Bach

Umschlaggestaltung: AHA-Design
Illustrationen: Günther Bach
Druck: Bertelsmann Media on Demand

Printed in Germany 2000

Verlag Angelika Hörnig
Siebenpfeifferstr. 16
D-67071 Ludwigshafen

ISBN 3-9805877-4-6

„Vielleicht sind Gefühle etwas Unsicheres,
aber es hilft nichts,
man muss sich schon auf sie verlassen."

Johannes Bobrowski

GÜNTHER BACH

DAS HORN DES HASEN

ROMAN

1

Hinter den letzten Häusern verlor sich der Weg im Schnee. Den Hang hinauf hatte der Wind die Böschung des steilen Einschnittes verweht und auch die Weinrosenhecken übergangslos unter einer hohen Schneewehe vergraben. Blaue Schatten lagen in der einzelnen Spur, die auf den Hügel führte. Sie lief bis vor das einzeln stehende Haus auf der Hügelkuppe und von dort weiter in einem flachen Bogen in Richtung zum Walde. Auf der Schwelle lag hochgeweht lockerer Schnee. Rings um das Haus war die weiße Fläche unberührt. Kalt und schwarz sahen die Fenster in den klaren Tag. Ein Windstoß ließ eine kreiselnde Fahne Pulverschnee glitzernd von der Dachkante stäuben. Die kahlen Zweige der Birke schlugen raschelnd gegeneinander. Über den schmalen Waldstreifen am Steilufer flog mit taumelndem Flügelschlag eine Krähe. Der Blick zurück über das Dorf zeigte senkrecht aufsteigende weiße Rauchfahnen über den Dächern, die in Höhe der verstreuten Baumgruppen zerflossen. Weit hinten auf dem Bodden zog das Mittagsschiff nach Stralsund einen weißen Streifen Kielwasser hinter sich her. Kalt war auch das Licht, das auf den flachen Wellen des Boddens spielte.
Ende März schien der Winter noch einmal zurückgekommen zu sein.

Es war ohnehin schwierig, zu dieser Zeit im Dorf nicht aufzufallen. Im Sommer kamen die Besucher zu Hunderten täglich, um über die Hügel zu wandern, die wenigen Gaststätten zu belagern, in den Baracken und Andenkenbuden billige Souvenirs zu kaufen und am Strand zu baden. In der Menge war man unbeobachtet.

Aber jetzt?
Die freie Lage des Hauses ließ niemanden ungesehen in seine Nähe gelangen. Es unbemerkt zu betreten, war unmöglich. Vorher schien alles klar und einfach: Bei Dunkelheit an der alten Schmiede vorbei hinter dem Dorf den Weg zwischen Wald und Hügeln zu nehmen und von der Rückseite her zwischen Ginster- und Sanddornhecken bis zum Schuppen zurückzugehen.

Vom Dorf her konnte man nicht gesehen werden.
Aber nun war da der Schnee, der jede Fußspur sichtbar machte. Wenn der Schnee liegen blieb, war die Fahrt vergeblich. Vier Tage – ein verlängertes Wochenende – mehr Zeit war es nicht, um zu erfahren, was geschehen war.

2

Er war etwa seit Ende September verschwunden. Wahrscheinlich war es gar nicht gleich bemerkt worden.
Er verbrachte regelmäßig vier Wochen Urlaub im Ausland, meist allerdings in der Hauptsaison, um den Besuchern aus dem Weg zu gehen, die ihn – teils aus Neugierde, teils als Quartiersuchende – sogar auf seinem Grundstück störten. Der niedrige Drahtzaun, der, an den Weg grenzend , das Grundstück auf der Kuppe umschloss, wurde von vielen ignoriert, der Plattenweg zum Haus als Aufforderung zum Betreten missverstanden. So schloss er sich oft ein und reagierte selten auf Klopfen und Rufen. Man musste angemeldet sein, wenn man ihn treffen wollte.
Nach Süden zu neigte sich der Hang in eine flache Senke, stieg dann wieder an und fiel erneut in einer sanften Neigung in Richtung zum Dorfe. Am Gegenhang standen im tiefen Schnee die hölzernen Pfosten des Scheibenständers. Das untere Querholz, auf das die Scheibe abgesetzt wurde, ragte kaum aus der weißen Fläche. Von der oberen Latte flatterte ein Fetzen Plastikfolie, die die Scheibe gegen Regen geschützt hatte. Auch der durch eine Bodenwelle gekrümmte Schatten erschien in den Strahlen der flach scheinenden Nachmittagssonne leuchtend blau.

Wie lange war es her? Drei – nein, vier Jahre. Es war eine warme Juninacht, hell und windstill; eine von diesen Nächten, in denen es auf der Insel nicht dunkel werden will, in denen man meint, eine Vorstellung schwedischer Mittsommernächte zu haben.
Ich konnte nicht schlafen. So war ich die Hügel hinauf gelaufen. Neben dem Haus stand auf dem Weg eine Gruppe Urlau-

ber und sah auf den dunklen Hang gegenüber. Eine quadratische Scheibe mit bunten Ringen wurde von zwei im Gras steckenden Lampen angestrahlt. Merkwürdig schwebend stand die Fläche gegen den schwarz erscheinenden Hintergrund des Rasens. Auf der Terrasse neben dem Haus saßen unter der Birke zwei Männer.
Ein dritter stand seitlich daneben, unbewegt, in der linken Hand einen Bogen haltend, an dessen klobig erscheinendem Mittelteil Metallteile glänzten. Der Mann hatte den Bogen auf den linken Fuß gestellt und sah auf die angeleuchtete Scheibe, die sich in gleicher Höhe mit seinem Standort zu befinden schien. Als er sich bückte, sah ich vor ihm im Gras einige Pfeile stecken. Er legte einen Pfeil auf, hob den Bogen in Richtung zur Scheibe und spannte in einer zügigen Bewegung den Bogen. Dem leisen schnappenden Geräusch der Bogensehne beim Abschuss folgte fast sofort das trockene Aufschlagen des Pfeiles auf der Scheibe. Im gelben Fleck in der Mitte der Scheibe stand plötzlich ein schwarzer V-förmiger Schatten. Bevor ich begriffen hatte, dass die zwei Lampen am Fuß des Scheibenständers genau im gleichen Winkel die Schatten des Pfeilschaftes auf die Scheibe warfen, wiederholten sich die Geräusche von Abschuss und Einschlag. Wieder im Gelb, etwas tiefer, zeichneten nun die sich kreuzenden Schatten ein großes W, dessen obere Schenkel über den Scheibenrand ins Dunkel wiesen.

Der Mann legte den dritten Pfeil auf. Es schien ein gleiches Zeitmaß zu sein, in dem die Bewegungen abliefen. Auch der dritte Pfeil landete in dem leuchtenden gelben Fleck, in dem sich nun ein filigranes Gitter spitzwinklig kreuzender Schatten gebildet hatte.

Der Mann legte den Bogen ins Gras und ging den Hang hinunter zur Scheibe. Im Licht der Lampen schien er eher klein als mittelgroß. Barfuss, in Jeans und einem dunklen T-Shirt, zog er, scheinbar nicht ohne Mühe, die Pfeile aus der Scheibe. Er bückte sich zu den Lampen, die gleich darauf erloschen und kam langsam zum Haus zurück. Die Pfeile trug er in der Hand. Er setzte sich zu den beiden Männern auf der Terrasse, die sich nun über den Bogen beugten, den er quer über den Knien hielt. Ich stand etwa zwanzig Meter neben dem Haus und sah auf die Männer, die leise miteinander sprachen. Es war kein Wort zu verstehen.

Die Gruppe neben mir, die gleich mir schweigend zugesehen hatte, schien weitergehen zu wollen. Als sie bei mir vorbeikamen fragte ich: „Sie entschuldigen – kennen Sie den Mann?"

„Den da mit dem Bogen?" Ich nickte. Sie schienen das schon öfter gesehen zu haben. „Der baut hier solche Dinger. Aber bezahlen kann man die nicht."

Sie gingen weiter. Ich sah zurück zur Scheibe. Meine Augen hatten sich wieder der diffusen Helligkeit angepasst, in der die nun hellgraue Scheibe vor dem gleichmäßig dunklen Rasenhang stand. Ich hatte den Eindruck eines Show-Effektes, als ich mir die Szene wiederholte, die ich eben gesehen hatte. Aber die war von eigenartiger Faszination gewesen.

Ich interessierte mich nicht für Bogenschießen. Im Fernsehen hatte ich Männer in Rollstühlen gesehen, die in Turnhallen auf Scheiben schossen. Ich hielt es für eine Sportart für Versehrte oder für Kinder und konnte mir nicht vorstellen, dass man sich ernsthaft damit beschäftigen könnte. Es schien mir eine Marotte zu sein, aber sie passte zu meinem Bild von der Insel.

Und ich hätte den Mann gern kennengelernt, der in der Nacht auf die bunte Scheibe schoss. So fing es an, damals, vor vier Jahren.

3

Der Wind nahm zu. Er kam in Stößen über den Bodden und wehte glitzernde Wolken von den Rosenhecken, deren Zweige braunstachlig aus dem Schnee auftauchten. Ich drehte mich um und schlug den Kragen der Jacke hoch. Mich fror.

Langsam ging ich den Weg zurück, den ich gekommen war. Im Gasthaus am Hafen trank ich einen Grog, dann noch einen. Draußen war es dunkel geworden. Wenn ich den Kopf dicht vor die schwarze Fensterscheibe beugte, sah ich im Hafen die Masten der Fischerboote schwanken. Die Leine des Fahnenmastes vor dem Gasthaus klatschte in wechselnden Rhythmen gegen das Holz. An zwei Tischen neben dem Schanktisch saßen die Fischer, die Bier und Korn tranken. Als ich hereingekommen war, hatten sie kurz aufgesehen. Dann sprachen sie weiter. Am Stammtisch spielte ein Gruppe Skat. Ihre schwarzen Schiffermützen lagen neben ihnen auf den Stühlen. Die einzige Frau im Raum war die Kellnerin, die mit müdem Gesicht am Büfett hinter dem Schanktisch lehnte. Im halbdunklen Raum war nur leises Sprechen und das Klatschen der Karten auf dem Holztisch zu hören.

Mit der Wärme kam die Müdigkeit. Ich zahlte und ging hinauf in mein Zimmer. An die Tür gelehnt stand ich in dem dunklen Raum. Das Licht der Hoflampe warf krause Schatten eines Baumes gegen die Decke oberhalb des Fensters. In dem scharf begrenzten hellen Rechteck tanzten die wirren Muster der Zweige in rüttelnden Stößen. Die Wellen klatschten in schweren Schlägen gegen die Spundwände des Hafenbeckens. Das Bett war klamm und schwer; das Zimmer wohl erst am Nachmittag geheizt worden. Ich stand noch einmal auf, um die Wollsocken anzuziehen, die ich aus der Reisetasche neben dem Bett nahm. Dann schlief ich ein.

In der Nacht schlug das Wetter um. Ich wurde wach, als Regen an die Scheiben sprühte und dachte an das Haus auf dem Hügel, bevor ich wieder einschlief. Der Morgen war trübe. Der Wind hatte sich gelegt und es regnete. Der Blick aus dem Fenster reichte bis zur Hafenmeisterei, dann versank alles in fahlem Grau, Regen und Wasser im Hafen verschwammen im dichten Fallen der Tropfen. Ich legte mich wieder ins Bett und schlief bis gegen Mittag.

Die Gaststube war leer, als ich das Haus verließ. Der Schnee war verschwunden und in den Gräben sammelte sich schwarzes Wasser, das gurgelnd aus den Rinnen der Häuser schoss und durch die Gärten und über die ausgewaschenen Wege lief. Ich ging den Weg zur Schmiede und bog dann in den schmalen Pfad neben der Siedlung ein, der zum Leuchtturm führt. In der Senke, wo er die Betonplatten der Straße zum Klausner kreuzte, ging ich durch das triefende Gras in Richtung zum Hügel zurück. Kein Mensch war zu sehen.
Vom Mantel lief mir das kalte Wasser in die Kniekehlen, drang durch die Hose und füllte mir die Schuhe, bis beim Laufen jeder Schritt ein schmatzendes Geräusch verursachte. Ich fror noch mehr als gestern und wäre am liebsten umgekehrt.
Allein die Tatsache, dass niemand nach mir sah, ließ mich weitergehen. Im Haus würde ich eine Gelegenheit finden, mir die Füße zu trocknen. Die Reservesocken bauschten die eine Manteltasche, in der anderen steckte die Taschenlampe.

Die Zeit schien mir lang, bis das Dach über dem Hügel auftauchte. Ich stieg den Hang empor und erreichte ungesehen die Hecke hinter dem Hof. Ich konnte nicht glauben, dass gestern noch Schnee gelegen hatte, wo jetzt das gelbe Vorjahresgras in welken Büscheln zwischen erstem Grün des neuen Jahres lag. Ich schob mich zwischen den sperrigen Zweigen hindurch, die mir die kalte Nässe ins Gesicht sprühten und trat unter das Dach des Schuppens.

Jetzt war der Grund meines Herkommens unwichtig. Ich wollte ins Trockene, bevor meine Finger zu klamm und steif von der Kälte waren, um das Schloss zu öffnen. Ich griff nach dem Dachsparren über der Tür und fand den Schlüssel im Astloch der zweiten Dachlatte, wo er immer gelegen hatte.
Das Vorhängeschloss zeigte hellbraunen Flugrost; als ich den Schlüssel hineinsteckte und umdrehte, blieb der Rost fleckig in meiner Hand. Ich wischte das Schloss ab und öffnete die Tür.
Die Luft im Schuppen schien kälter als draußen zu sein. Ich ließ das offene Vorhängeschloss in die Krampe fallen und zog die Tür hinter mir zu, bis der Überwurf sich über die Krampe legte. Von weitem konnte es aussehen, als hinge das Schloss vor der Tür. Mehr konnte ich nicht tun.

Es war stockdunkel. Als ich die Taschenlampe einschaltete, fiel ihr Schein auf eine graukörnige stumpfglänzende Eisscholle, die ein rechteckiges Wasserbecken nahezu ausfüllte.
Eine Fläche von etwa zwei mal drei Metern war ausgeschachtet und die Erde zu einem Wall um die Grube herum aufgeschüttet worden. Das Becken war mit Plastikfolie ausgelegt und mit Wasser gefüllt, das zwischen Scholle und Beckenrand einen schwarzen Streifen ausfüllte, und in dem sich der Schein der Taschenlampe spiegelte.
Im Hintergrund des leeren Schuppens lag eine gewölbte Schale, die wie eine große Badewanne aussah. Vier Plastikkanister, Ölpapier und eine Rolle Glasvliesgewebe lagen in einer Ecke.
Ich begriff nichts.
Ich hob den Lattenrost von dem Lichtschacht des Kellerfen-

sters, das vor dem Bau des Schuppens dem Keller ein wenig Licht gegeben hatte.
Nachdem ich den Mantel an einen Nagel neben der Tür gehängt hatte, ließ ich mich in den Lichtschacht hinab. Wie erwartet, war der Fensterflügel noch immer vor Nässe verquollen und nicht verriegelt. Mit Mühe drückte ich ihn auf und leuchtete hinein. Auf dem Regal unter dem Fenster standen staubige Flaschen, die ich mit dem Fuß beiseite schob.
Ich legte die Lampe auf das Regal und sprang steifbeinig ins Dunkel. Eine Flasche rollte vom Regal und zersprang mit dumpfem Knall.

Ich verfluchte meine Neugierde und hatte für einen Moment das Gefühl, in eine Falle geraten zu sein. Dann nahm ich die Lampe und ging zur Tür. Sie war angelehnt und der Schein der Taschenlampe führte mich bis zur Kellertreppe.
Die Sicherungen im elektrischen Zähler waren herausgeschraubt und standen auf dem schwarzen Gehäuse. Ohne mich weiter umzusehen, stieg ich die Treppe hinauf und trat in den Flur.
Kein Raum war verschlossen, bis auf die Haustür. Alle Schlüssel hingen am Brettchen neben dem Lichtschalter zur Kellertreppe; an der Tür zur Werkstatt steckte der Schlüssel im Schloss. Ich drehte nacheinander alle Glühbirnen in den Lampen aus: Im Wohnzimmer die Deckenlampe, in der Küche die Wandlampe über dem Herd, in der Werkstatt und schließlich im Raum unter dem Dach. Dann ging ich zurück in den Keller und schraubte die Sicherungen ein. Als ich den Lichtschalter im Keller drehte, flammte die Lampe auf.

Ich legte die Hand vor die Augen und setzte mich auf die Kellertreppe. Meine Füße brannten. Ich zog die Schuhe aus, streifte die nassen Socken von den Füßen und zog die trockenen an, nachdem ich die Füße mit einem Fetzen Stoff, der unter der

Treppe lag, trockengerieben hatte. Mit Widerwillen zwängte ich die Füße wieder in die nassen Schuhe.

In der Werkstatt unter der Hobelbank entdeckte ich den elektrischen Heizofen. Meine Stimmung stieg. Ich trug ihn ins Dachzimmer und steckte die Verlängerungsschnur in die Steckdose. Der Geruch von verbranntem Staub erinnerte mich an die Zigaretten. Die Schachtel war zerdrückt, aber trocken geblieben. Ich setzte mich mit dem Rücken gegen die Wand und schob mir den Heizofen vor die Füße. Als die Zigarette brannte, spürte ich erstmals die nun bereits wieder nachlassende Spannung.
Es hatte bisher alles geklappt, genau wie geplant. Ich war im Haus und hier verlor sich das vage Gefühl der Unsicherheit, des Unerlaubten. Ich war mir von vornherein klar über die Tatsache, dass ich einen Einbruch verübt hatte. Dass ich nichts weiter wollte, als Gewissheit über seinen Verbleib, würde mir niemand glauben, falls man mich erwischte. Aber ich glaubte, dass er mich verstanden hätte.

Die Reflexe der glühenden Heizdrähte schimmerten im Lack des Holzfußbodens und mit der langsamen Erwärmung im Raum erkannte ich die vertraute Umgebung wieder. Auf dem Fensterbrett fand ich eine leere Blechdose für die Zigarettenasche. Das Wasser lief an der blinden Scheibe herunter. Auf dem dicken Rieddach war das Geräusch der fallenden Tropfen gedämpft und gleichmäßig zu hören.
Ich fühlte mich sicher und geborgen. Das Tageslicht war noch ausreichend, um eine Suche zu beginnen.

Aber wonach wollte ich eigentlich suchen?

4

Ich wollte Hinweise auf sein Verschwinden finden. Dabei interessierten mich weniger das Ziel seiner von niemandem bemerkten Abreise, als vielmehr die Ursachen und die Umstände – obgleich sie vermutlich in unmittelbarem Zusammenhang miteinander standen. Warum ich einen Unfall oder ein Verbrechen ausschloss, konnte ich nicht erklären. Es hätte einfach nicht in das Bild meiner Vorstellung gepasst. Es musste etwas anderes sein, und ich war überzeugt, dass sein Verlassen der Insel einen Schlusspunkt in einer Reihe von Ereignissen darstellte.

Seit ich ihn kannte, war mir jeder Vorwand recht gewesen, auch nur für ein langes Wochenende auf die Insel zu kommen. Aber später als zu Anfang Oktober und früher als Ende Mai war ich nie hier gewesen. Er hatte mich mehrfach eingeladen, im Winter zu kommen. Ich hatte Farbdias gesehen von Dünen aus Schnee, von eisverkrusteten Granitbrocken, die in der Sonne funkelten wie Kristall, von aufeinander getürmten Eisschollen, zwischen denen schwarzgrünes Wasser stand und die an den Rändern gesäumt waren von stachligem Raureif. Ich fand es herrlich; aber ich wollte im Sommer im Sand liegen, wenn die Sonne hoch stand und auf das Kollern und Rollen der Steine hören, die die Brandung an den schmalen Strandstreifen unterhalb der Steilküste spülte.

Vielleicht hätte ich mehr über ihn erfahren, wenn ich damals gekommen wäre, aber ich glaubte, dass ich jedes Jahr auf die Insel kommen könnte.

Mir war klar, dass ich wenig von ihm wusste. Aber als ich darüber nachdachte, warum, schien es mir einleuchtend. Er hatte nie von seiner Vergangenheit gesprochen, weil sie für

ihn abgeschlossen war. Sie beschäftigte ihn nicht mehr.
Ich entsann mich einer Handvoll ungeöffneter Briefe auf dem Regal neben dem Zeichentisch. Er zuckte die Achseln, als ich ihn danach fragte. Am anderen Tag lagen die Aschereste im Kamin und ich war überzeugt, dass er sie ungelesen verbrannt hatte.

Die Hitze des Heizkörpers drang durch die Sohlen meiner Schuhe. Ich stand auf und ging zu dem niedrigen Fenster in der gewölbten Nische der Dachgaube. Vor dem flachen Kreisbogen der Scheiben begann es bereits wieder dunkler zu werden, obgleich der Regen nachgelassen hatte.
Ich sah auf die Uhr, sie zeigte wenige Minuten vor vier und ich zögerte, was als Nächstes zu tun sei. Hinter dem Vorhang des eingebauten Regals fand ich eine Steppdecke, zwei Wolldecken und das blaue Samtkissen. In der Nische hinter dem Schornstein, dessen quadratischer Mauerpfeiler mitten im Raum durch das Dach führte, lehnte zusammengelegt das Klappbett, auf dem ich zwei Sommer lang geschlafen hatte. In dem Moment hatte ich mich entschieden. Es war fünf nach vier, als ich den Heizkörper ausschaltete, den Stecker aus der Leitung zog und die Treppe hinunter in die Werkstatt ging. Ich öffnete die Tür zum Wohnzimmer und trat seitlich neben die Scheibe des großen Terrassenfensters, um vorsichtig nach draußen zu sehen.
Die Vorsicht war überflüssig. Ich musste zweimal hinsehen, um zu begreifen. Er hatte die Steinplatten unmittelbar vor dem Fenster entfernt und Malven gepflanzt – vor die gesamte Fensterbreite. Sie waren aufgeschossen zu dichten übermannshohen Büschen, die nun mit einem Gewirr dürrer Stengel die Sicht nach außen versperrten.
Wie so oft in vergangenen Jahren öffnete ich den linken Fensterflügel und stieg über die niedrige Fensterbank zwischen die nässetriefenden Malvenbüsche. Kein Mensch war zu se-

hen. Ich klemmte einen Pappstreifen zwischen Rahmen und Flügel und zog das Fenster hinter mir zu, so fest es ging. Der Wind kam von Nordwest, aber selbst wenn die Bö das Fenster aufdrückte, wäre es kaum zu sehen. Ich konnte nur hoffen, dass es hielt und mehr zu tun war keine Zeit.

Ich trat auf die Terrasse und ging über die Steinplatten zum Weg. Im letzten Moment fiel mir der Mantel ein. Ich ging zurück über den Hof, auf dem sich schwarze Pfützen gesammelt hatten, öffnete die Tür zum Schuppen und nahm den Mantel vom Nagel. Das Schloss schnappte ein und ich legte den Schlüssel zurück auf den Platz über dem Dachsparren. Im Laufen zog ich den Mantel an, den mir der Wind um die Beine flattern ließ.

Die Dunkelheit hatte zugenommen. Vom Westen her schoben sich schwere Regenwolken über den Wald und ich lief den Weg hinunter ins Dorf. Im Gasthaus bezahlte ich die Rechnung, holte die Tasche und ging hinüber zum Hafen.

Zwei Leute die ich nicht kannte, saßen im Fahrgastraum des Schiffes. Der Hafenmeister kam, um die Leinen loszumachen und ich rief ihm eine Bemerkung über das Wetter zu. Er knurrte Unverständliches und ging in sein Büro zurück, als das Schiff ablegte und in weitem Bogen in die Fahrrinne einschwenkte. Ich zahlte und steckte den Fahrschein in die Manteltasche.

Als das Schiff nach einer halben Stunde Fahrt im Nachbarort der Insel anlegte, verließ ich das Schiff. Inzwischen war es bereits dunkel geworden.

Neben der Kaufhalle stand mit hängendem Kopf ein Pferd vor einem Wagen, der mit leeren Fischkisten beladen war. In der Kaufhalle nahm ich ein Brot, zwei Päckchen Schnittkäse und eine harte Wurst aus den Regalen, fand noch eine Dose gezuckerte Kondensmilch und legte zur Sicherheit eine Pakkung Tee dazu.

Ich zahlte an der einzigen besetzten Kasse neben dem Ausgang und schob am Packtisch alles in meine große Reisetasche. Dann überquerte ich die Straße und ging an der alten Mühle vorbei in Richtung Strand.

Der Wind trieb mir in scharfen Schlägen den Regen ins Gesicht, als ich im festen, nassen Sand den Weg zurückging. Ich folgte der geschwungenen Strandlinie, bis im Dunkel vor mir die bewaldete Steilküste als Schatten wieder auftauchte, während zu meiner Linken die weißen Gischtfetzen über die Granitbrocken der Uferbefestigung jagten.
Ich lief weiter bis zu der schmalen Treppe, die auf die Steilküste führte. Neben den halbierten Eisenbahnschwellen, aus denen die Stufen gebildet waren, lief das Regenwasser in tief ausgespülten Rinnen hinunter zum Strand. Der Weg durch den Wald, den ich im Sommer nur als grünleuchtenden Tunnel im Dickicht des wuchernden Unterholzes kannte, schien mir fremd und lang.
Dann sah ich wieder die Silhouette des Hauses auf dem Hügel. Ich hätte gerne eine Zigarette geraucht, aber ich ging weiter durch die Senke, den Weg hinauf bis hinter das Haus. Ich hatte genug von Regen, Kälte und Wind.
Zwischen den Malvenbüschen hindurch trat ich ans Fenster, drückte mit Mühe den Flügel nach innen, hob die Tasche hinein und stieg hinterher. Ich schloss das Fenster, zog die Schuhe aus und ging durch die Werkstatt hinauf ins Dachzimmer. Ein Rest Wärme hatte sich gehalten. Ich schaltete den Heizofen wieder ein und hängte die schwere Friesdecke vor das Fenster. Dann schraubte ich die Glühbirne der Wandlampe fest und schaltete das Licht ein. Obgleich ich bis Mittag geschlafen hatte, fühlte ich mich müde und zerschlagen.

Unter der nassen Reisetasche hatte sich eine Pfütze gesammelt, aber nur das obenliegende Brot war ein wenig feucht geworden.

Ich zerrte die vor Nässe steifen Jeans von den Beinen, die bis zum Knie mit Sand bespritzt waren. Mit dem Handtuch rieb ich mir das Haar trocken, zog den Rollkragenpullover über und ein zweites Paar Wollsocken an die Füße. Dann nahm ich das Päckchen Tee aus der Tasche und ging die Treppe hinunter zur Küche.

Die Treppe war glatt. Ich versuchte mir vorzustellen, was geschehen würde, wenn ich mich bei einem Sturz verletzte. Aber als ich das dachte, stand ich schon in der Küche.

Das Schnapprollo am Fenster klemmte wie immer. Ich zog es herunter und wickelte die Schnur um den Nagel im Fensterbrett. Die Taschenlampe legte ich auf den Küchentisch. Der Lichtschein zeichnete einen halbrunden Fleck auf die gegenüberliegende Wand. Im schmalen Schrank neben der Tür fand ich den hohen Aluminiumtopf mit dem Tauchsieder und daneben die große gelbe Tasse, in der ein Teelöffel steckte.

Im Schrank war alles sauber und aufgeräumt, nur die Tasse war ein wenig staubig. Ich hielt den Topf unter die Wasserleitung und drehte den festgetrockneten Wasserhahn auf. In der Leitung rülpste es stoßweise und eine Weile lang geschah gar nichts. Dann spritzte rostiges Wasser aus dem Hahn, in kurzen Stößen. Ich zog den Topf beiseite. Allmählich ließen die Geräusche in der Leitung nach, das Wasser floss gleichmäßig, wenn auch in dünnem Strahl, und wurde langsam klar. Ich spülte den Topf aus, danach die Tasse und ließ den Topf halbvoll laufen. Dann nahm ich die braune Teekanne aus dem Schrank.

Der Zucker in der Tüte war ein steinharter Klumpen . Ich stellte ihn zurück und steckte den Tauchsieder in die Steckdose. Als das Wasser zu summen begann, spülte ich die Teekanne mit heißem Wasser aus und wartete bis es kochte.

Dann goss ich den Tee auf, zwei Teelöffel aus dem grünen Päckchen. Zum Auskühlen setzte ich den Topf mit dem Tauchsieder ins leere Spülbecken.

Der Kartoffelkorb unter dem Küchentisch war leer. Ich setzte die volle Teekanne und die Tasse hinein, nahm ein Schneidebrett vom Küchentisch und legte es dazu, nahm die Taschenlampe und ging zurück, die Treppe hinauf ins Dachzimmer.

Während der Tee in der Kanne zog, klappte ich das Bettgestell auseinander und schob es in die Nische unter die Wandlampe. Dann holte ich die Decken und legte sie auf die schmale Liegefläche. Auf den Brettsitz des Hockers passten gerade Teekanne, Tasse und die Milchdose, in die ich mit dem Taschenmesser zwei große Löcher gestoßen hatte.
Ich goss den rötlich-bernsteinfarbenen Tee in die Tasse und ließ die Kondensmilch über den darübergehaltenen Teelöffel in die Tasse fließen. Sie lief zähflüssig aus der Büchse in einem dünnen Faden, der sich langsam im Löffel sammelte. Dann rührte ich um und die Farbe des Tees verlor sich in milchiger Trübe. Auf dem Bett sitzend hielt ich die Tasse in beiden Händen. Der Tee war heiß und süß, aber der Teegeschmack hatte sich fast verloren.

Die Uhr zeigte auf sieben. Vor mir lagen noch eine Nacht und ein ganzer Tag. Aber die Werkstatt und das Terrassenzimmer hatten keine Vorhänge – wenn ich hier etwas suchen wollte, musste ich das Tageslicht abwarten. So blieb für heute Abend nur das Dachzimmer. Ich schlürfte den Tee und sah mich im Zimmer um.
Es reichte fast über die ganze Fläche des Hauses. Die Längswände waren schräg; auf der einen Seite unterbrochen von der Wölbung der Dachgaube mit dem kleinen Fenster. Auf beiden Seiten waren Regale eingebaut, vor denen sandfarbene Vorhänge hingen. Die Wand in meinem Rücken trennte die Treppe zur Werkstatt vom Zimmer ab.
Das Giebelfenster unter dem Krüppelwalm beleuchtete tagsüber ausreichend das Treppenpodest, von dem aus eine Luke

in den Spitzboden unter dem Dach führte.
Der andere Giebel, der nach Südosten wies, war vollflächig doppelt verglast und jetzt durch einen schweren Friesvorhang geschlossen. Die Glastür dahinter führte auf eine offene Dachterrasse, unter der ein nachträglich angebauter Windfang und die kleine Werkstatt das Haus in der ganzen Breite um etwa drei Meter verlängert hatten. An diesem Glasgiebel stand die große Zeichenplatte auf zwei Böcken, bespannt mit weißem Zeichenkarton.
Ein offenes Regal zwischen Vorhang und Zeichentisch trug ein großes zylindrisches Tongefäß mit Pinseln, zwei Schalen mit Stiften, Tuscheflaschen und ein Glas mit Rohr- und Gänsefedern. Zwei verschieden große Paletten aus weißem Plastik hingen seitlich an einem Nagel, eine kleine Zeichenmappe lehnte an einem der Böcke, die die Platte trugen.

Ich trat an den Zeichentisch. Auf der weißen Fläche lag ein einzelnes Blatt, eine Pinselzeichnung, mit einem harten Flachpinsel und unverdünnter schwarzer Zeichentusche wie hingeschrieben.
Ein Reiter auf einem Pferd, im Schritt reitend, auf einer Linie, die aussah wie eine Welle. Das Blatt hatte die Knappheit und Aussagekraft eines Piktogramms. Ich glaubte mich an etwas erinnern zu müssen, aber ich fand keinen Zusammenhang zwischen der Zeichnung und irgendeiner Sache, an die ich mich erinnern konnte. Vielleicht erwartete ich überall Geheimnisse und verlor dadurch die Möglichkeit, einfache logische Zusammenhänge herzustellen. Ich legte das Blatt zurück auf den Zeichentisch.
In der Kanne war der Tee heiß geblieben. Ich goss den Rest nach, der nun sehr dunkel geworden war, trank ihn aus und legte mich auf das schmale Bett. Ich versuchte mich zu erinnern.

5

Nach dieser Juninacht vor vier Jahren war ich am Tage darauf vergeblich zum Haus auf dem Hügel gegangen. Das Haus war verschlossen und über der bunten Scheibe am Hang hing eine Plastikfolie, die um den Pfosten verschnürt war.
Ein alter Mann aus der Nachbarschaft nannte mir den Namen des Mannes und erzählte mir, dass er meist am frühen Morgen nach der Scheibe schösse, bevor die Urlauber den Weg entlang über den Hügel zum Strand gingen.
So lief ich am nachfolgenden Morgen gegen sieben Uhr früh wieder den Hang hinauf und hörte schon kurz hinter dem letzten Hause des Dorfes die dumpfen Einschläge der Pfeile aus der Richtung des Scheibenstandes. Ich ging den Weg hinauf, bis zur Höhe des Hauses und fand in der Nähe des Zaunes einen flachen Stein, auf dem die Sonne den Tau bereits getrocknet hatte.
Ich setzte mich so, dass ich den Mann im Auge hatte. Obwohl er mich gesehen hatte, nahm er keine Notiz von mir. Er schoss jeweils sechs Pfeile auf die Scheibe, legte dann den Bogen ab und ging den Hang hinunter zur Scheibe, um die Pfeile zurückzuholen. Der Weg war anscheinend oft begangen. Jetzt bei Tageslicht bemerkte ich einen schmalen Pfad niedergetretenen Grases im niedrigen Rasen.
Im Hellen schien der Bogen weniger klobig, als ich ihn in Erinnerung hatte. Die Pfeile konnte ich auf der Scheibe kaum erkennen, aber die Morgensonne zeichnete ihre Schatten auf die bunte Scheibe, die mit schwarzen Streifen auf die Stelle des Einschlages wiesen.
Bald sah ich aber nur noch auf den Mann. Seine Bewegungen waren von einem gelassenen Gleichmaß und wiederholten sich mit einer Regelmäßigkeit des zeitlichen Ablaufes, der mir die

Vorstellung einer besonderen Art der Präzision vermittelte.

Der Ablauf, den ich mir damals einprägte, war immer der gleiche: Der Mann nahm den Bogen auf und stellte sich mit leicht gespreizten Beinen so zur Scheibe, dass seine linke Schulter zur Scheibe wies. Er legte den Pfeil auf, während er den Bogen auf seinem linken Fuß abgesetzt hielt, ließ die rechte Hand sinken und sah dann bewegungslos eine Weile in das Gras vor seinen Füßen. Dann sah er auf und hob den Bogen mit der linken Hand ins Ziel, wobei der Pfeil auf der Sehne lag. Dann stand der Bogen still. Er griff mit der rechten Hand nach der Sehne, spannte und fast im gleichen Moment, wenn die Hand mit dem Pfeil an seinem Kinn anlag, ließ er den Pfeil fliegen. Einen Moment lang hielt er den Bogen noch still in der Hand, setzte ihn dann wieder ab auf den Fuß und das Ganze wiederholte sich, bis sechs Pfeile in der Scheibe steckten.

Die Sonne war gestiegen und brannte mir heiß auf die Schultern. Eine halbe Stunde mochte vergangen sein, als er den Bogen vorsichtig entspannte, wobei er das eine Ende des Bogens hinter den linken Fuß stemmte und das obere Ende des Bogens über der rechten Schulter nach vorn zog, bis er die Sehne vom Bogenende lösen konnte. Ich war aufgestanden und sah zu ihm herüber. „Kann ich den Bogen einmal sehen?“, fragte ich, als ich sah, dass er ins Haus gehen wollte. Er zögerte und kam dann über den Plattenweg zur Öffnung im Zaun zwischen den hohen Hecken. Er sah mich abwartend an und als ich nichts sagte, reichte er mir schweigend den Bogen.
Er war unerwartet schwer.
Das Mittelteil war aus mahagonifarbenem Holz und zeigte einen tiefeingeschnittenen plastisch ausgearbeiteten Griffbereich, darüber einen seitlichen flachen Ausschnitt. Die Bogenarme, die nun entspannt waren, schienen weiß lackiert und waren überraschend dünn. An den Enden, wo sie mit gro-

ßen Rändelmuttern mit dem Griff verschraubt waren, hatten sie die Breite des Griffteiles. Nach vorn, zu den Spitzen hin, verjüngten sie sich in einer flachen Kurve. Vorn am Bogen war eine Schiene aus dunkel eloxiertem Aluminium angeschraubt, auf der etwas wie ein kleiner Schieber saß, der mit einer seitlichen Stellschraube fixiert war. Aus einem Schlitz in dem Schieber ragte ein kleiner Plexiglasstreifen, in den ein erbsengroßer Kreis und in der Mitte dieses Kreises ein schwarzer Punkt eingraviert waren.

Das musste die Visiereinrichtung sein. Ich nahm den Bogen in die linke Hand, wie ich es bei ihm gesehen hatte. Er lag schwer in meiner Hand und die Form des Griffes schien meiner Art, den Bogen zu halten, merkwürdig zu widersprechen. Ich sagte ihm das, und er grinste belustigt.

„Wenn Sie einen Bogen spannen," sagte er „dann halten Sie nicht sein Gewicht, sondern in erster Linie den Zug der Bogensehne, der senkrecht zum Griff auf Ihre Hand wirkt. Es ist ..." Er unterbrach sich. „Wissen Sie, das ist eine Erfahrung, die man schwer erklären kann. Wenn Sie einen Bogen richtig spannen, dann fügt er sich über Ihre Hand in eine Bewegung Ihres Körpers ein, die nur so und nicht anders möglich ist."

Ich reichte den Bogen zurück. So hatte es ausgesehen bei ihm; etwas von dieser Sicherheit eines „ so und nicht anders " glaubte ich gespürt zuhaben.

„Glauben Sie, dass ich diesen Bogen spannen könnte?", wollte ich wissen. Er sah mich aufmerksam an.

Dann sagte er „Wenn Sie es ernsthaft wollten?"

Ich war erstaunt. „Ist das denn keine Frage der Kraft?".

„Die Kraft", sagte er, „die Kraft ist das Wenigste, was Sie beim Bogenschießen brauchen."

„Was braucht man denn dann dazu?"

Er sah auf die Scheibe am Hang und sagte abwesend nach einer Weile: „Ich weiß es nicht. Vielleicht die Überzeugung,

eine Sache ganz zu machen. Ausschließlich. Vielleicht - er lachte – vielleicht ist Bogenschießen die wichtigste Nebensache der Welt."
Wir waren zum Haus gegangen, wo neben der Tür eine niedrige Holzbank stand, auf die wir uns setzten.
Ich wusste nicht was ich sagen sollte. Er hatte den Rücken an die Hauswand gelehnt und die Augen geschlossen.
Sein Gesicht war braun, aber die Augenlider waren sehr hell.
„Sie wollen es versuchen, wie?" fragte er, ohne sich zu bewegen. Er stand auf, ohne meine Antwort abzuwarten.
„Kommen Sie morgen früh wieder her", sagte er, die Hand schon an der Tür. „Ich mache Ihnen einen Bogen fertig."
Er nickte mir zu und schloss die Tür hinter sich.

Über den Weg neben dem Haus zogen die ersten Urlauber mit Bademänteln, Taschen und zusammengerollten Windschirmen in Richtung zum Strand. Langsam ging ich ihnen nach.
So begann meine Bekanntschaft mit dem Mann, in dessen leerem Haus ich hier saß und eigentlich gar nicht genau wusste, warum.

6

Es muss übrigens der gleiche Tag gewesen sein, an dem ich den Bernstein gefunden hatte. Ich war kein Sporttaucher und das Schwimmen mit den Flossen ermüdete mich schnell. Aber ich hatte entdeckt, wie reizvoll es sein konnte, mit Taucherbrille und Schnorchel im flachen Wasser zu treiben und den Grund der See zu beobachten.

Man konnte das selten tun auf der Insel – entweder war der Seegang zu hoch oder das Wasser war zu kalt. Aber damals hatte sich nach anhaltendem Seewind das warme Oberflächenwasser gestaut und war in Strandnähe nach Abflauen des Windes warm geblieben. Zudem hatte ich mich nach vierzehn Tagen an die Wassertemperatur gewöhnt und paddelte nun gemächlich hinter dem Steinwall entlang, der zwischen Strandzone und offenem Wasser als Schutz gegen die Sturmfluten aus rohen Granitbrocken aufgeschichtet war.

Über den in parallelen Streifen flach gewellten Sandboden huschten die Reflexe der durch die winzigen Wellenkämme gebrochenen Sonnenstrahlen. Hinter einzelnen Steinbrocken, die vor dem Wall lagen, hatte die Dünung flache Gruben ausgespült, die sich mit den Schalenresten schwarzer Miesmuscheln gefüllt hatten. Wenn ich mit der Hand hineinfuhr, stieg eine Wolke trüben Mulmes auf. Winzige glasklare Garnelen huschten mit zuckenden Bewegungen in alle Richtungen davon, während die Schwebeteilchen langsam wieder auf den Grund sanken. Die zottigen Mähnen der giftgrünen Algen, mit denen die Steine bewachsen waren, schwangen mit sanften fließenden Bewegungen in der schwachen Dünung.

Den faden Kunststoffgeschmack des Schnorchels bemerkte ich bald nicht mehr, als ich so über den flachen Grund dahintrieb. Das Geschrei der Kinder am Strand war verstummt, als

ich den Kopf unter Wasser hatte und nur die dumpfen glucksenden Geräusche des Wassers in den Spalten der Steine waren in meinen Ohren.
Ich wollte mich schon von einem der kantigen Brocken abstoßen, als ich, eingeklemmt zwischen den Zweigen der Faschinenbündel, den fast eigroßen Klumpen bemerkte. Nichts deutete auf Bernstein an dem rundlichen Stück, das mit der stumpfen und narbigen Oberfläche auch eine Feuersteinknolle sein konnte. Als ich danach griff, zeigte sich eine glänzende Bruchstelle. Ich setzte mich im flachen Wasser auf einen Stein und betrachtete meinen Fund. Erst jetzt bemerkte ich vier kleine Seepocken, die auf der flachen Unterseite hafteten. Die Bruchfläche war muschelförmig ausgebrochen und noch nicht vom Seesand verschliffen.
Als ich den Brocken gegen die Sonne hielt, leuchtete er in der Farben alten Portweins. Es war ein wunderbares Stück; das erste, das ich gefunden hatte.

Es waren die letzten Tage meines Urlaubs in jenem Jahr. Der Freude über meinen Bernsteinfund folgte am nächsten Tag die Enttäuschung über meine erste Unterweisung im Bogenschießen.

7

Ich war etwas später als am Vortag zum Haus auf dem Hügel gekommen und fand den Mann im Schuppen damit beschäftigt, eine Bogensehne zu wickeln. Als er mich kommen sah, ging er mir entgegen.

„Hallo“, sagte er, hakte die Daumen in den Gürtel der verwaschenen Jeans und sah mich aufmerksam eine Weile an. Auf der Bank vor dem Haus lagen zwei Gegenstände aus Leder, die er als Arm- und Fingerschutz bezeichnete. Während ich den Armschutz anzubringen bemüht war, brachte er einen Bogen aus dem Hause. Es war ein plumpes Stück, wie ihn die Sportgeschäfte anboten: Ein klobiges Mittelteil aus hellem Eichenholz, in dem rotlackierte Glasfiberstäbe steckten.

Er sah mein enttäuschtes Gesicht und lachte. Dann nahm er aus einem weidengeflochtenen Papierkorb, in dem gut zwei Dutzend Holzpfeile stecken mochten, eine Handvoll heraus und ging zu seinem Schießstand neben der Birke. Er schoss einen Pfeil auf die Scheibe am Hang. Der Holzpfeil mit den weißen Federn taumelte ein wenig und traf den blauen Ring in der unteren Scheibenhälfte.

Er korrigierte nach dem Schuss die Visiereinstellung und schoss dann in schneller Folge drei Pfeile, von denen zwei im roten Feld und einer im gelben Zentrum trafen. Er ließ die Pfeile in der Scheibe stecken und kam zurück.

„Man kann auch mit einem solchen Bogen schießen und treffen,“ sagte er, „zu Anfang geht es darum, einen Bogen spannen zu lernen. In Bezug auf Kraft und die Form des Griffes ist dieser Bogen im Prinzip meinem Laminatbogen gleich. Mehr brauchen wir zunächst nicht.“

Er gab mir den Bogen in die Hand und holte aus dem Schuppen eine dicke Platte aus Kunststoffschaum, die etwa einen

Meter im Quadrat groß war. Er hing sie an zwei Holzpflöcken der Schuppenwand auf und ließ mich ein paar Schritte davor Aufstellung nehmen.
Nachdem er mir Stand und Haltung gezeigt hatte, ließ er mich – zunächst ohne Pfeil – den Bogen spannen.
Ich hatte das Gefühl, gegen einen starken Widerstand anzukämpfen und als ich mühsam mit der rechten Hand die Sehne ans Kinn brachte, zitterte die Linke und der Bogen schwankte. Langsam ließ ich die Sehne wieder zurück.
Er korrigierte die Haltung meines Griffes und die Stellung des Handgelenkes und ließ mich erneut den Bogen spannen. „Zügig", sagte er, „Du musst den Bogen zügig spannen, in einer gleichmäßigen – Bewegung. Mache Dir klar, dass Du nicht gegen den Bogen kämpfst. Stell Dir vor, dass es Deine Kraft ist, die Du dem Bogen überträgst, wenn Du ihn spannst. Der Bogen sammelt alle Deine Kraft auf einen Punkt."
Wieder und wieder spannte ich den Bogen, bis ich glaubte, ein gewisses Gleichmaß erreicht zu haben. Es schien, als würde der Bogen bei jedem Spannen ein wenig weicher werden.
Als ich es ihm sagte, schüttelte er den Kopf, „Es sind Deine Muskeln, denen die Bewegung vertraut wird."

Er ließ mich einen Pfeil auflegen und sagte dann:
Es ist viel zuwenig Zeit für einen systematischen Anfang. Ich bin kein ausgebildeter Trainer und es kann falsch sein, was ich Dir jetzt sage; ganz einfach, weil es vielleicht zu früh ist. Aber ich muss versuchen, es Dir klarzumachen. Alles was Du machst beim Bogenschießen, ist eine Vorbereitung auf den Schuss. Alle diese Dinge – Stand, Körperhaltung, Spannen des Bogens und Feststehen im Ziel – musst Du selber in einen zeitlichen Ablauf bringen, der bei jedem ein wenig anders aussieht. Dazu brauchst Du viele Wochen.
Aber das Wichtigste ist der Moment, in dem Du den Pfeil fliegen lässt – der Ablass. Du musst versuchen, alle Deine

Konzentration auf diesen Punkt hin zu sammeln. Zwischen der Entscheidung zum Schuss und dem Ablass des Pfeiles darf es keine zeitliche Differenz geben. Wenn Du „Jetzt“ denkst, dann muss Dein Pfeil fliegen. Denke daran, dass alle Kraft in den drei Fingern Deiner rechten Hand gesammelt ist. Nur wenn Du sie blitzschnell lösen kannst, wird sie voll auf den Pfeil übertragen.“

Er hatte noch nie so lange gesprochen und ich hatte kaum die Hälfte verstanden. Aber ich hatte begriffen, dass er diesen Moment für den wesentlichen Punkt des Bogenschießens überhaupt hielt. So nickte ich zustimmend und schoss meinen ersten Pfeil auf die Scheibe.

Nach den ersten Schüssen ließ er mich mit geschlossenen Augen weitermachen, damit „ich mich besser auf den Ablass konzentrieren könne“, wie er meinte. Zweimal schlug mir die Bogensehne schmerzhaft gegen den linken Arm.

Er bemerkte es beim zweiten Mal und nahm mir den Bogen ab. Oberhalb des Armschutzes schwoll die Haut über einem Bluterguss an. Er lief ins Haus und ließ mich eine nach Kampfer riechende Salbe auf der Stelle verreiben.

Mir war die Lust vergangen; aber ich sagte nichts und sah ihm zu, wie er den Bogen entspannte, die Pfeile einsammelte und die Scheibe zurück in den Schuppen trug.

Am Waldrand sprangen ein paar Wildkaninchen über den Weg und auf die Wiese, um dort zu äsen. Ich deutete hinüber und fragte, ob er schon einmal mit Pfeil und Bogen gejagt hätte.

„Das ist Wilderei,“ sagte er zögernd.

„Hast Du schon mal gewildert?“ Jetzt wollte ich es genau wissen.

Er grinste schief: „Es ließ sich nicht ganz vermeiden. Übrigens schmecken sie recht gut.“

Ich brauchte ihn nicht lange zu überreden. Als ich ging, hatten wir uns für den Nachmittag um fünf Uhr verabredet.

Ich rieb meinen linken Arm, der von den Schlägen der Bogensehne schmerzte und dachte mit reichlich gemischten Gefühlen an das Bogenschießen. Als ich wieder am Strand in der Sonne lag, hatte ich alles vergessen.

Fast hätte ich auch unsere Verabredung verpasst, aber kurz nach fünf stand ich schon wieder vor dem Haus auf dem Hügel. Er kam mir mit einem in eine Zeltplane gewickelten schmalen Bündel unter dem Arm entgegen und wir zogen den Weg hinunter in Richtung zum Wald davon.

In der Senke hinter der Hügelkette bog er ab und wir streiften durch das in der flachen Talsohle hochstehende Gras in Richtung Norden. Langsam wurden die Hügel flacher und schließlich stiegen wir über eine Kuppe ein Stück abwärts unter einen kugeligen Rotdornbusch, in dessen Schatten er das Bündel aufwickelte. Nebeneinander lagen Griff und Bogenarme und die Sehne in einer Plastiktüte. Er setzte den Bogen zusammen und legte die Sehne ein, zog zwei Pfeile aus einem auf die Zeltplane aufgesteppten Futteral und rollte das Bündel wieder zusammen.

Wir saßen etwas unterhalb der flachen Kuppe eines von drei Hügeln, die eine Senke einschlossen und blickten über das Ende dieser Senke auf eine abgeweidete Koppel. Dahinter zog sich, parallel zum Schilfsaum des Boddens, die Straße zum nächsten Ort der Insel.

Der nachträglich mit Betonplatten befestigte Feldweg war von buschig verwachsenen alten Eschenbäumen gesäumt, deren dunkles Grün gegen die helleren Töne der Wiese und des fernen Schilfgürtels abstach.

In der Senke unter uns und am Rande der Koppel konnte ich etwa ein Dutzend Kaninchen erkennen. Sie waren mit großen Sätzen ins tiefe Gras und zwischen die hohen Stauden der Königskerzen gesprungen und äugten nun zu uns herauf.

Als wir dann ruhig unter dem Rotdorn hockten, kamen sie wieder hervor und ästen weiter.

„Siehst Du den Stein dort unten?“ Er wies mit der Hand auf einen großen Findling, an dem ein schmaler Fußpfad vorbei zwischen den beiden benachbarten Hügeln hindurch lief.
Ich nickte. Er sprach leise weiter: „Auf diesem Hang gibt es vier Baue“ – er wies auf die dunklen Einfahrtlöcher der Kaninchen, vor denen leuchtend gelber Sand lag – von anderer Farbe, als der am Strand war – „sie sind alle etwa gleichweit von dem Stein da unten entfernt. Es sind ungefähr dreißig Meter. Komm jetzt hinter mir her, langsam, und stell Dich hinter den Stein. Alles klar?“
Ich nickte wieder und stand auf. Er legte einen Pfeil auf die Sehne und steckte den zweiten in den Schaft seines rechten Volleyballschuhes. Er hielt den Bogen nach unten und ging langsam den Hang hinunter, bis er auf halber Höhe den Fußpfad erreichte.
Ich hielt mich hinter ihm und wir gingen hintereinander den Weg hinunter bis zum Stein. Ich trat zurück hinter den Stein und sah auf den Hang. Die Baue lagen auf halber Höhe und ich begriff, was er gemeint hatte. Die Kaninchen waren durch das tiefe Gras und buschige Stauden den Hang hinauf gesprungen und vor dreien der vier Baue saßen sie nun, bereit, im nächsten Moment einzufahren. Die rötlich schimmernden Löffel spielten, als sie mit aufgerecktem Kopf in unsere Richtung spähten. Er hob langsam den Bogen in Richtung des einen, das frei auf dem gelben Sandfleck saß.
Als er den Bogen spannte, machte das Kaninchen eine Bewegung, aber im gleichen Moment schnappte die Sehne. Ich glaubte den Aufschlag des Pfeiles gehört zu haben, als der gelbe Sand vor dem Bau aufstiebte. Nach einer heftigen Bewegung war Ruhe; die weißen Federn am Pfeilschaft wippten schief vor dem dunklen Loch und standen dann still. Er ließ den Bogen langsam sinken und drehte sich zu mir um.
„Na,“ sagte er, „ein Leben wie bei Robin Hood, was?“
Langsam stiegen wir den Hang hinauf. Das Kaninchen lag

vor dem Bau, den Kopf in der Höhle, aber der Pfeil, der den Hals durchschlagen hatte, sperrte quer vor dem Loch. Er zog ihn heraus, wischte ihn am breiten, filzigen behaarten Blatt einer Königskerze ab und steckte ihn in den Schuh, neben den anderen. Dann nahm er das Kaninchen am Hinterlauf und wir gingen zurück zum Rotdornbusch. Das Kaninchen schweißte stark aus der Halswunde und er hing es zum Ausbluten an einen Ast des Rotdornbusches. Wir rauchten eine Zigarette und sahen hinaus auf den Hang. Es dauerte nicht lange, und die anderen Kaninchen tauchten in den Bauen auf, sprangen zurück auf die Wiese und ästen weiter.

Ich hatte mich ins Gras gelegt und starrte in den Himmel, der in wolkenlosem Blau durch die dichtbelaubten Zweige des Rotdorns leuchtete.
Als er den Bogen zusammenlegte, setzte ich mich auf. Erst jetzt bemerkte ich, dass die Aluminiumpfeile eine andere Spitze hatten als die anderen, mit denen er auf die Scheibe schoss. Ich nahm einen der Pfeile, um ihn genau zu betrachten. Die kegelförmige massive Stahlspitze, die den gleichen Durchmesser wie der Pfeilschaft hatte, war mit einer feinen Säge eingeschlitzt und ein schmales dünnes Stahlblech in Form eines länglichen Dreiecks in den Schlitz eingelötet worden. Die Schmalseiten waren rasiermesserscharf angeschliffen.
Ich wunderte mich über den Leichtsinn, so gefährliche Schneiden im Schuh zu tragen, aber er zuckte die Achseln, als ich ihn danach fragte. Dann steckte er die Pfeile in die Stofftaschen zurück.
Das Bündel war dicker als wir zurück gingen, denn auch das Kaninchen hatte er, nachdem er es in eine Plastiktüte steckte, in die Zeltbahn eingerollt.

Wir gingen den gleichen Weg zurück. In den Wiesen stand der Duft des Thymians und die gelben Stauden der Königskerzen leuchteten hell über dem dunklen Rasen.

Ich sah zu, wie er das Kaninchen abzog. Er brachte es in den Keller und lud mich für den nächsten Abend zum Essen ein. Ich blieb auch diesen Abend. Wir tranken Bier und aßen geräucherte Schollen. Über dem langsam dunkler werdenden Wald färbte der Himmel sich in rötliches Grau und die sinkende Sonne brannte gleißende Löcher in die Lücken unter den dichten Kronen des Kiefernwaldes. Schwärme von Junikäfern brummten in den Zweigen der Birke und übertönten die hellen Sägetöne der Grillen.
Ich fühlte mich wohl und dachte mit Verwunderung an die vielen Abende zuvor, die ich in den verräucherten Kneipen verbracht hatte. Ruhe drang in mich ein und ich spürte, dass dieser Urlaub anders war als alle anderen.

8

Aus Richtung des Dorfes trug der Wind das wütende Kläffen eines Hundes herauf und riss mich aus meinen Erinnerungen. Mein Blick fiel auf die offene Tasche neben dem Bett, und als ich das Brot sah, spürte ich schlagartig Hunger. Ich setzte Teekanne, Tasse und Milchdose auf die Dielen und legte Brot und Käse auf den Hocker.
Das Brot war ein festes dunkles Vollkornbrot, aber es war frisch, als ich es anschnitt. Ich schnitt auch den Käse in Streifen und brach Brocken von der dicken Brotscheibe ab. Der Käse war mürbe und trocken, aber sehr scharf. Während ich abwechselnd Käse und Brot aß, wusste ich, das ich in einer Stunde wieder Durst haben würde. Aber ich wollte mit dem zweiten Tee warten. Ich aß zwei dicke Scheiben Brot und den ganzen Käse aus dem Päckchen.

Wärme und das Gefühl der Sattheit hatten mich träge gemacht, aber bevor ich schlafen ging, wollte ich mich wenigstens hier oben noch gründlich umsehen. Ich stand auf, zog den Vorhang des Regals in der Wandnische zurück und schob meine Tasche hinein. Nacheinander zog ich alle Vorhänge auf und sah in die einzelnen Fächer.
Auf der Fensterseite lagen Wäsche in Stapeln, Werkzeug in einer Holzkiste, ein kleines Radio, ein Schuhkarton mit Fotografien, Bücher und ein paar Gläser und leere Flaschen.
Die Regale auf der anderen Wandseite, an der der Zeichentisch stand, enthielten Farben, Pastellkreiden, Malmittel, ein Sortiment neuer Flachpinsel und Stapel von Papier: Aquarellkarton in einzelnen Bögen, die in der Feuchtigkeit wellig geworden waren, daneben matt graublaues Holzschnittpapier. In einem anderen Fach lagen vier Jahrgänge einer Fachzeit-

schrift für Formgestaltung. In einzelnen Heften steckten Papierstreifen als Lesezeichen.

Als ich die Stellen aufschlug, waren es Artikel über Sitzmöbel, Sportgeräte und ein Aufsatz über Gestaltungsmethodik. Ich schob den Stoß in das Regal zurück. Im Fach darunter lag ein großformatiges Buch mit einem farbigen Schutzumschlag. Es trug den Titel „Tauchboote“ und zeigte auf leuchtend blauem Grund ein gelbes bizarres Unterwasserfahrzeug, von dem silberne Luftblasen aufstiegen. Auch in diesem Buch steckte ein Papierstreifen als Lesezeichen. Ich zog das Buch heraus und legte es auf die Zeichenplatte, um vor dem Einschlafen darin zu lesen. Darunter fand ich einen Prospekt über Lichtkuppeln aus Acryl. Neben Farbfotos, die Innenaufnahmen von Räumen mit Oberlichtfenstern zeigten, waren Zeichnungen mit Maßangaben in der Broschüre enthalten. Eine Seite mit einer halbrunden Kuppel war angekreuzt. Als ich das Heft in der Hand hielt, hatte ich wieder das Gefühl, mich an etwas erinnern zu müssen.
Ich blätterte weiter und schüttelte das kleine Bändchen, aber es fiel kein Zettel heraus. Zögernd legte ich es zurück.
Als nächstes fiel mir ein Stapel verschiedenfarbiger Schnellhefter in die Hände. Der eine enthielt Kaufverträge und Rechnungen, der andere Patentschriften. Sie lauteten auf seinen Namen und stammten aus unterschiedlichen Sachgebieten. Es ging um montagefähige Wandelemente, Leuchten und einen stapelbaren Stuhl, den man zu Reihen zusammenstellen konnte, wenn man die Sitzflächen und Rückenlehnen miteinander verband. Es waren auch Auslandsanmeldungen aus verschiedenen Ländern darunter.
Eine Mappe mit festem Einband schien maschinengeschriebene Gedichte zu enthalten. Es mochten gut zwei Dutzend Seiten sein, meist ohne Überschrift, aber mit einer Datumsangabe rechts oben, wie bei einem Brief. Erste und

letzte Seite ergaben eine Zeitspanne von acht Monaten, lagen aber zwei Jahre zurück.
Es schien mir undenkbar, dass er sich auch mit Lyrik befasst hatte – jedenfalls hatten wir nie darüber gesprochen. Aber schließlich hatte er im vergangenen Jahr für mich genauso überraschend mit den Kleinplastiken angefangen; kleine figürliche Terrakotten, die er am Strand aus den blaugrauen Tonschollen am Fuße des Steilufers formte und im Keller im Muffelofen brannte. Im Wohnzimmer hatten zwei Wandregale voll dieser handgroßen Figuren gestanden.

Ich schob die Mappe zurück ins Regal. Hinter dem nächsten Vorhang lagen zwei Zeichenrollen aus brauner Pappe. Als ich die erste schräg hielt, rutschte mir eine Rolle von Zeichnungen auf Transparentpapier in die Hand. Ich legte die Rolle auf die Zeichenplatte und schob die Bücher beiseite. Beim Aufrollen der brüchigen Blätter stellte ich fest, dass es Messkurven von Bögen waren. Zwei davon trugen die Namen bekannter Hochleistungsmodelle einer amerikanischen und einer japanischen Firma. Er hatte sie wohl zum Vergleich mit den eigenen Modellen aufgezeichnet. Die anderen trugen die Bezeichnungen seiner eigenen Modelle, denen er den Namen „arco", ergänzt durch die Modellnummer, gegeben hatte.
Es waren vier Zeichnungen, und beim Entstehen der einen war ich dabei gewesen.
Das Blatt zeigte in mehrfarbigen Kurven die schrittweise Verformung der Bogenarme beim Spannen. Über den unmittelbaren Wert der technischen Aussage hinaus hatte das Blatt einen bestechend ästhetischen Reiz für mich. Die im Bruchteil einer Sekunde entstehende Verformung der Bogenarme beim Spannen war hier aufgelöst in einzelne Schritte, die die allmähliche Streckung der nach außen gekrümmten Bogenarme in einer visuell ablesbaren Dynamik zeigten.

Wir hatten damals die Zeichenplatte auf den Hof getragen und den Bogen mit einer Schraubzwinge am Plattenrand festgelegt. Entlang der Mittelachse des Bogens hatten wir eine Latte befestigt, die im Abstand von je 5 cm mit kurzen eingeschlagenen Stiften versehen war. Um dieses Maß zog er mit einer Federwaage schrittweise die Sehne zurück und arretierte den Auszug in jeder einzelnen Stellung.
Nachdem die gemessene Kraft in einer Tabelle notiert war, zogen wir an der Innenkante der Bogenarme die Konturen mit Filzstiften nach, bis das Blatt von schwingenden Kurven bedeckt war.
Als wir den Bogen abnahmen und die Maßlatte entfernten, lag vor uns ein Bild, das aussah, wie die Zeitlupenaufnahme des Flügelpaares eines fliegenden Vogels. Der Zweck dieser Messungen wurde mir klar, als er das Blatt präzise auf der Mittelachse faltete und die spiegelbildlich symmetrischen Linien übereinander lagen. Die Differenzen der Biegelinien zeigten die Stellen der Bogenachse, an denen er durch Schleifen die Zugkraft der beiden Bogenarme ausgleichen musste.

Ich hätte gern eines der Blätter mitgenommen, die für mich schöner als jede Fotografie die unvergleichliche Eleganz des Bogenspannens wie eine Bewegungsanalyse zeigten. Aber dazu fühlte ich mich nicht berechtigt. So rollte ich die Zeichnungen wieder zusammen und schob sie in die Rolle zurück. Im letzten Fach des Regals standen einige Kästen mit Farbdias und ein Karton mit Versteinerungen, wie ich sie selbst manchmal am Strand gefunden hatte. Es waren fossile Austernschalen, Seeigel verschiedener Größen, ein paar kugelrunde Klappersteine und Bruchstücke kalkweißer Korallen. Auch ein paar Abdrücke verschiedener Muscheln waren darunter.

Als ich den letzten Vorhang zurückzog, war ich um keinen Schritt weitergekommen. Vor mir auf dem Zeichentisch lagen

die Zeichnung mit dem Reiter, das Buch über Tauchboote und der Prospekt der Oberlichtkuppeln. Ich schob sie nebeneinander und hatte das Gefühl, noch niemals etwas gesehen zu haben, das sowenig zusammengehörte. Missmutig griff ich nach den Zigaretten. Ich hatte das Gefühl, dass mir außer ein paar Erinnerungen an eine Zeit, die unwiderruflich vorbei war, in diesem Haus nichts mehr begegnen würde.
Meine unbestimmten Erwartungen von etwas Ungewöhnlichem schienen sich nicht zu bestätigen, und ich begann, meinen spontanen Entschluss zu dieser Reise bereits zu bedauern. Aber noch blieben für morgen das Wohnzimmer, die Werkstatt, der Keller und vielleicht der Schuppen mit der Wassergrube, deren Bedeutung ich nicht verstand.

Mir fiel meine Abreise vor vier Jahren wieder ein. Es war kurz nach der Kaninchenjagd in den Hügeln hinter dem Leuchtturm, nach dem Abend auf der Terrasse, als die Sonne hinter den Kiefernstämmen des Waldstreifens an der Steilküste unterging. Ich erinnerte mich an die Verlegenheit, die ich gegenüber seiner Sicherheit empfand, in mir einen künftigen Bogenschützen zu sehen.
Er hatte mich mit „Du" angesprochen, als ich zum ersten Mal einen Bogen in der Hand hielt, und dabei war es zwischen uns geblieben. Aber im Grunde hatte ich ihn nur nicht enttäuschen wollen, als er mir die Adresse eines Freundes in Berlin nannte, der Trainer in einer Sportgemeinschaft war. Ich nahm den Zettel und schob ihn in die Hemdtasche.

Erst als er fragte, ob ich wiederkommen wolle im nächsten Jahr, fand ich, dass ich mir einen Urlaub auf der Insel notfalls auch mit Bogenschießen erkaufen würde. Heute war ich froh über meinen Entschluss; und froh war ich auch darüber, dass ich ihm meine Gründe nie gesagt hatte.

Ich erinnerte mich an die Abreise an jenem Junimorgen, an die heiseren Schreie der Möwen am Hafen, an den blassblauen Himmel und den Dunstschleier über dem Wasser des Boddens, in dem die Reihe der Bojen neben der Fahrrinne in der Ferne verschwand.
Sein Abschied war merkwürdig.
„Mach Deine rechte Hand locker und stark", sagte er. Ich brauchte einen Moment´, um zu begreifen, dass er schon wieder vom Bogenschießen sprach.
„Also schön", sagte ich lachend, „und wenn sie dann locker und stark ist?"
„Dann versuche selber so zu werden, wie Deine rechte Hand."
Ich starrte ihn an. Er schlug mir auf die Schulter.
„Machs gut", sagte er herzlich, drehte sich um und ging davon; ein kleiner Mann mit breiten Schultern, der mit zu großen Schritten den Weg zurück ins Dorf ging. Ich sah ihm nach, bis er hinter dem Deich zwischen den Weidenbüschen verschwand.

9

Den Rest eines zunehmend verregnenden Sommers in Berlin verbrachte ich hauptsächlich in der Modellwerkstatt eines Freundes, dem ich bei der Vorbereitung von Exponaten für eine Ausstellung half. Erst zu Anfang Oktober fiel mir der Zettel mit der Anschrift des Trainers wieder in die Hände.

Als ich den Anschluss hatte, richtete ich Grüße aus und stellte mich als Anfänger vor, der am Training teilnehmen wollte. Der Mann schien überrascht, nannte mir dann aber die Adresse einer Oberschule, in deren Turnhalle zweimal wöchentlich trainiert werde. Nach einigem Suchen fand ich die Turnhalle in einem Neubaugebiet. In der Tür stehend sah ich in die hell erleuchtete Halle. Eine Gruppe von Kindern schoss mit Holzbögen auf eine große Scheibe etwa in der Mitte der Halle, vier Männer und eine junge Frau trainierten an zwei Scheibenständern vor der Hallenrückwand, auf denen jeweils vier kleine Scheiben befestigt waren. Als man mich bemerkte, kam einer der Männer auf mich zu. Ich sagte meinen Namen und erkannte die Stimme am Telefon wieder.

Wir gingen in einen Geräteraum, wo ich meine Turnschuhe anzog, während Stefan – er hatte mir nur seinen Vornamen gesagt – einen Bogen für mich bespannte. Es war das gleiche Modell, das ich auf der Insel in der Hand hatte. Er ließ mich den Arm ausstrecken, um die Pfeillänge zu schätzen, und griff nach kurzem Zögern in einen Karton, aus dem er sechs Holzpfeile herausholte.

Dann ging er mit mir zu der Kindergruppe, die mich neugierig anstarrte. Die drei Männer und die junge Frau nickten mir zu, als ich mit dem Bogen an ihnen vorbeiging.

Ich versuchte mich zu erinnern, was ich im Sommer vor der grauen Schuppenwand gelernt hatte. Aber alles, was mir ein-

fiel, war der Schmerz in meinem Arm vom Schlag der Bogensehne und die Mahnung, meine rechte Hand „locker und stark" zu machen.
Als ich Stefan davon erzählte, ließ er mich eine Mullbinde über den Ärmel meines Pullovers wickeln. Ich kam mir albern vor und wäre am liebsten wieder gegangen. Unter der Anleitung von Stefan schoss ich etwa eine Stunde lang Pfeil auf Pfeil nach der großen Scheibe. Die Kinder waren bald gegangen, und als ich allein vor der Scheibe stand, war meine Unsicherheit bald vergangen.
Das Spannen der Sehne machte mir keine Probleme, denn der Bogen hatte eine geringere Zugkraft als der, den ich auf der Insel in der Hand hatte. Aber der linke Arm wurde müde. Stefan korrigierte mehrfach die Stellung meines Handgelenkes, das ich immer wieder nach außen verdrehte und ließ mich darauf achten, den Bogen senkrecht zu halten.
Nach und nach fielen mir Einzelheiten wieder ein und ich versuchte, den Ablauf zu rekonstruieren, den ich bei dem Mann auf der Insel gesehen hatte.
„He – das ist ja der Stil von Erhard!" rief Stefan, der mir seit einer Weile zugesehen hatte. Ich grinste verlegen und ließ den Bogen sinken. „Mach weiter", sagte er, „wenn Du damit klarkommst. Deine rechte Hand ist schon ganz in Ordnung."
Aber Rücken und Schultern schmerzten mir. Ich legte den Bogen ab und sah, auf einer Bank hockend, den anderen zu, die ihre Pfeile in die kleinen Scheiben jagten. Ich massierte meine Schulter und dachte, wie lange es wohl dauern würde, bis ich auf dieser Seite stünde.

Von nun an kam ich ziemlich regelmäßig mindestens einmal in der Woche in die Halle, um zu trainieren. Nach vierzehn Tagen besaß ich einen Satz Aluminiumpfeile, Arm- und Fingerschutz und nur noch selten schlug mir die Sehne gegen das Armgelenk.

Nachdem ich mit Stefans Hilfe den „Ankerpunkt“ gefunden hatte – die Stelle am Unterkiefer, an der die Pfeilhand ruhte, wenn ich den Bogen gespannt hatte – flogen meine Pfeile in immer dichter werdenden Gruppen nach der bunten Scheibe.

Im Dezember holte mich Stefan auf die rechte Seite und ich begann, auf die kleinen Scheiben zu trainieren.

10

Zwei Briefe, die ich an Erhard schrieb, blieben unbeantwortet. Aber im Januar kam eine Karte, die mich für den Juli einlud. Ich sagte zu und trainierte verbissen weiter.

Als wir im April unser Gerät auf einen Sportplatz brachten und das Training im Freien begann, erreichte ich mit den dreimal zwölf Pfeilen auf die Zehnerringscheibe bei dreißig Meter Entfernung regelmäßig etwa zweihundert Ringe und begann bereits, mich für einen Bogenschützen zu halten.
Aber schon die nächste Distanz von fünfzig Metern machte mir Schwierigkeiten. Ich verbrachte Stunden damit, im kurzgeschorenen Rasen des Fußballfeldes nach Pfeilen zu suchen, die sich manchmal in der ganzen Länge zwischen den verfilzten Halmen eingegraben hatten. Die seitliche Streuung des leichten Glasfiberbogens war ziemlich stark, und ich hatte mehr und mehr den Wunsch, einen Bogen wie Stefan und die Anderen zu besitzen. Zwar gefiel mir der technische Aufwand von Vorbauvisier und Stabilisatoren nicht, und auch mit den schmalen Metallgriffteilen mochte ich mich nicht anfreunden. Aber ich sah, mit welcher Präzision die Pfeile von diesen Bögen in die Scheiben gejagt wurden.

Stefan merkte wohl, was mit mir los war, aber er musste mich mit einem anderen Gerät auf den Herbst vertrösten. Irgendwann begann ich dann, mit dem Gedanken zu spielen, mir bei Erhard einen Bogen zu bestellen.
Stefan kannte seine Versuche, wusste aber nicht, welchen Erfolg er damit bisher gehabt hatte. Als Erhard auf die Insel zog, um dort Bögen zu bauen, war er kaum mehr als ein durchschnittlicher Schütze und es gab niemanden in der ganzen Sektion der ihm zutraute, jemals selbst einen wirklich guten Bogen zu bauen. Meinen Bericht von dem nächtlichen Scheibenschießen auf der Insel im Vorjahr hörte Stefan wortlos mit freundlicher Skepsis an. So erwähnte ich das Thema nicht mehr und versuchte aus meinem Glasfiberbogen herauszuholen, was mir irgend möglich war.

Nach und nach hatte ich Einiges dazugelernt über Gerät und Wettkampfordnung. Es gab nur wenige Bücher über diesen Sport, dessen Ursprünge im Gebrauch als Kriegs- und Jagdwaffe zehntausend Jahre zurücklagen. Nachdem ich, wie die Anderen, ein Trainingsbuch zu führen begann, in dem ich die erreichten Ringzahlen notierte, fand ich mich zunehmend alleingelassen.
Stefan war als bester Schütze der Mannschaft selbst auf die wenigen Trainingsstunden angewiesen und half mir nur, wenn ich meine Fragen direkt an ihn richtete. So war ich vor anllem unsicher in der Frage, den Bewegungsablauf beim Bogenschießen in ein gleichbleibendes Zeitmaß zu bringen. Wenn ich jemanden danach fragte, hörte ich meist nur, dass jeder es anders mache.

Nur einmal erhielt ich den Rat, die einzelnen Phasen mit dem Atemrhythmus in Übereinstimmung zu bringen und zu schnelle Schussfolgen zu vermeiden. Das schien mir einleuchtend. Wie nach einer Checkliste kontrollierte ich Stand, Heben des

Bogens, Ausziehen der Sehne, Ankern der Pfeilhand, Zielen und Ablassen des Pfeiles und verband jede Phase mit einer bestimmten Anzahl von Atemzügen. Es gab Tage, an denen ich überzeugt war, auf dem richtigen Wege zu sein und ich sah meine Pfeile ruhig und gleichmäßig nach der Scheibe fliegen. Aber kein Erfolg war sicher. Schon beim nächsten Training konnten die Schüsse plötzlich streuen, die Pfeile taumelten im Flug, trafen den Scheibenrand oder landeten im Rasen.
Ich rätselte um die Ursachen dieser Schwankungen und konnte nicht begreifen, warum ein einmal erreichter Stand so wenig zu stabilisieren war. Als ich Stefan danach befragte, fand er das normal. Er versuchte mich mit dem Hinweis zu beruhigen, dass es auch bei ihm an einigen Tagen nicht „liefe". Aber das half mir wenig.

Ich konnte mir nicht vorstellen, dass Erhard ähnliche Probleme hatte. So erwartete ich den Urlaub auf der Insel diesmal auch in der Hoffnung, Antwort auf viele Fragen zu finden. Vorher sollte ich aber noch Gelegenheit haben, etwas über Erhard selbst zu erfahren.

11

Es war gegen Ende Mai, als auf unserem Sportplatz die zweite Runde der Bezirksmeisterschaften ausgetragen wurde. Ich hatte beim Aufbauen der Scheiben geholfen und sollte als Scheibenrichter beim Eintragen die Ergebnisse der Schützen kontrollieren.
Stefan begrüßte die Teilnehmer der Sportgemeinschaften und zeigte mir die besten Schützen, von denen einige schon den „Fita-Stern" besaßen – das kleine Abzeichen des internationalen Bogenschützenverbandes, das ihnen mehr als tausend Ringe, geschossen in einem Sternturnier, bescheinigte.
Auch eine Landesmeisterin mit mehr als 1200 Ringen war unter den Teilnehmern. Sie war nicht gerade das, was ich mir unter einer Meisterin des Bogensports vorstellte: Kurz und stämmig gebaut hatte sie eher die Figur einer Diskuswerferin, wie ich sie im Fernsehen kürzlich gesehen hatte. Zu einem weißen Tennisröckchen, weißen Turnschuhen und blauen Wollsocken trug sie ein blau-weißes Jersey. Am roten ledernen Pfeilköcher baumelte eine faustgroße knallgrüne Wolltroddel zum Abwischen der nass gewordenen Pfeile. Sie baute ihren amerikanischen teilbaren Bogen mit dem blauen Metallic-Griff zusammen, während sie von einem halben Dutzend Leuten umringt war.
Als die Scheibennummern bekannt gegeben wurden – es schossen jeweils drei Schützen auf eine Scheibe – sah ich zum ersten Mal, was ich später noch mehrmals erlebte.
Die Scheiben waren in einer Linie senkrecht zur Begrenzung der Aschenbahn aufgestellt worden. Sie kontrollierte zunächst die Aufstelllinie und die Neigungswinkel der Scheiben und ging dann – Fuß vor Fuß setzend von der Platzkante bis zur Mitte ihrer Scheibe.

Ich starrte zu den Scheiben und sah dann fragend zu Stefan hinüber, der mir freundlich zugrinste. „Warte mal ab“, sagte er nur. Dann kam sie zurück, schritt ernsthaft und wieder auf die gleiche Weise – Fuß vor Fuß – von der Platzkante entlang der Schützenlinie bis zu einem Punkt, an dem sie sich bückte und einen kurzen weißen Pflock unmittelbar vor ihrer Schuhspitze in den Rasen drückte.

„So“, sagte Stefan. „Jetzt steht sie genau in der Scheibenachse und wir dürfen anfangen.“ Wie er mir am Abend darauf erzählte, machte sie es immer so und ich schien der Einzige zu sein, der sich darüber wunderte. Als ich später einmal nachrechnete, wie groß die Abweichung sein konnte, wenn man einen Meter neben der gedachten Scheibenachse stand, fand ich einen Fehler, der geringer als ein Grad war. Es gab nach meiner Meinung keinen vernünftigen Grund dafür, den Stand zur Scheibe mit einer solchen Genauigkeit zu bestimmen. Wenn sie gute Ergebnisse erreichte, so hatte das sicher andere Ursachen. Damals kamen mir die ersten Zweifel an dem technischen Aufwand, den ich bei manchen Turnieren noch erlebte.

Unter den Schützen fiel mir ein Mann auf, dessen ruhiger und konzentrierter Stil mich an Erhard erinnerte. Vor allem war es die gleiche Art, den Bogen mit aufgelegtem Pfeil mit der linken Hand ins Ziel zu heben, während die Rechte locker an der Hüfte lag.

In der Pause nach der ersten Distanz über neunzig Meter ging ich zu ihm. Wir kamen ins Gespräch und es stellte sich heraus, dass er Erhard gut kannte. Er hatte seine Versuche verfolgt und war der erste, der ihm eine Chance gab, mit dem Bogenbauen zu brauchbaren Leistungen zu kommen.

Während er mit Sorgfalt seine Pfeile überprüfte und einen Schaft mit lockerer Befiederung austauschte, sagte er einen Satz, der mich nachdenklich machte. Seine Visiereinstellung auf die neue Entfernung einrichtend, meinte er beiläufig: „Solange Erhard nicht mit seinem selbstgebauten Bogen irgendwo Turniersieger geworden ist oder wenigstens seinen Stern geschossen hat, wird ihm kein Mensch seine Bögen abkaufen wollen. Was er da auf der Insel macht, ist doch nur sein Privatvergnügen. Jetzt muss er erst mal die Experten überzeugen." Er nahm Bogen und Pfeilkoffer, nickte mir freundlich zu und ging nach vorn, wo die neue Schützenlinie für die Siebzig-Meter-Distanz mit einer auf dem Rasen gespannten Wäscheleine markiert war.

Er nahm an jedem Turnier teil und schoss – soweit ich das beurteilen konnte – mit großer Gleichmäßigkeit und Präzision. Es war spannend für mich, die einzelnen Schützen zu beobachten und ich fand, dass tatsächlich kaum ein einheitlicher Stil zu erkennen war. Fast alle benutzten Ferngläser, um ihre Ergebnisse nach jedem Schuss zu kontrollieren. Nach jeder Runde setzte eifriges Rechnen ein und an den Scheiben wurde um jeden Ring gefeilscht, so dass ich in Streitfällen mehrfach den Kampfrichter befragen musste. Über allem lag die Spannung der Wettkampfatmosphäre, die sich auch mir als Nichtaktivem mitteilte.

Die unterschiedlichen Temperamente zeigten sich auch nach dem Abpfeifen des Kampfrichters, wenn die Schützen zu den Scheiben gingen, um die Pfeile zu holen und die Ringzahlen einzutragen.
Die Schützenreihe zerfiel, und während einige mit gespannten Gesichtern auf die Scheiben zuliefen, gingen andere mit gesenktem Kopf oder in Gruppen, miteinander sprechend nach vorn. Stefan unterhielt sich mit einem jungen Mann, der einen alten schwedischen Bogen benutzte, dessen scharfer und heller Klang der Sehne beim Ablass deutlich herauszuhören war. Stefan schnitt mit mehr als neunhundert Ringen recht

gut ab. Er hatte im Training schon die tausend Ringe erreicht, aber beim letzten Sternturnier im vergangenen Jahr hatte er die Nerven verloren und war nur im Mittelfeld gelandet. Es störte ihn wenig; ihm schienen die Teilnahme und das Drum und Dran des Wettkampfes wichtiger zu sein, als die Ergebnisse. Ich war im Zweifel, ob diese Haltung echt war, aber zumindest war er gut gelaunt und der vierte Platz auf der Anzeigentafel, auf der die Ringzahlen der Schützen mit Kreide notiert wurden, schien ihn nicht im Mindesten zu belasten.

Nach dem ersten Turniertag saßen wir dann noch einige Zeit unter dem großen Ahornbaum neben den Umkleidekabinen zusammen. Es wurde gefachsimpelt und über neues Gerät gesprochen, das der Eine oder Andere inzwischen benutzte. So kam auch wieder die Rede auf Erhard. Ich erfuhr, dass er Designer von Beruf war, in Berlin zwei Stellungen aufgegeben, sich eine Weile freischaffend versucht hatte und schließlich mit seinem alten Gebrauchtwagen, den Kofferraum voller Ahornfurniere und allerlei exotischen Kanthölzern vor einigen Jahren in Richtung Ostsee davongefahren war. Den Wagen hatte er an der Küste verkauft und war schließlich auf der Insel gelandet, nachdem er das Haus auf dem Hügel auf Rentenbasis erstanden hatte. Seitdem wusste keiner so recht, was aus ihm geworden war.

Nur, dass er beim letzten Turnier vor damals vier Jahren nicht mehr als 888 Ringe geschossen hatte, daran konnten sich gleich einige erinnern, weil er seine Schnapszahl mit einem Kasten Bier bezahlte. Designer? In meinem Beruf hatte ich ein paar Mal mit Designern zu tun gehabt und fand, dass die meist eine merkwürdig hybride Mischung von Künstler und Ingenieur darstellten.

Man sagte das auch von meinem Beruf, der aber nach meiner Meinung eigentlich seit Jahren ausgestorben ist.

Wer brauchte denn noch Architekten? Gesucht wurden

Projektingenieure, Generalprojektanten, Technologen – eben Leute, die eine technische Vorbereitung oder Durchführung zu bearbeiten hatten. Der größte Teil unserer Arbeit bestand in der Standortanpassung von Wiederverwendungsprojekten und erforderte überhaupt keine Entwurfsarbeit. Ich begegnete immer mehr Berufskollegen, die ihren Beruf aufgegeben hatten und als Bühnenbildner, Redakteure von Fachzeitungen, freie Grafiker oder Maler ihr Geld verdienten. Meine eigene Studentenzeit fiel mir wieder ein, in der ich nächtelang über Entwürfen für Konzerthallen und Theater gebrütet hatte, den Kopf voller Bauhaus-Phantasien vom Gesamtkunstwerk, in dem ich bis hin zu Stuhl und Türklinke alles allein machen wollte.

Aber ich hatte nicht nur das Bauhaus falsch verstanden. Ich hatte auch meine Chancen erheblich überschätzt, eigene Ideen durchsetzen zu können. So konnte ich mir in etwa vorstellen, wie es Erhard gegangen sein mochte.

Stefan wusste auch noch, wann und warum Erhard mit der „Bastelei", wie er es nannte, angefangen hatte. Es waren damals über den Verband außer den Holz- und Glasfiberstabbögen keine brauchbaren Geräte zu beziehen. Da hatte er damit angefangen, für sich selbst einen zu bauen. Zuerst aus mehrfach verleimten Lagen Eschenfurnieren, aber schon in Rekurveform mit nach vorn gebogenen Spitzen. Der Bogen wurde „müde". Danach begann er mit Ahorn und selbsthergestellten Glasfaserlaminaten zu experimentieren. Stefan erzählte, er habe sich wochenlang mit dem Formenbau für das Verleimen der Wurfarme herumgeschlagen und sei allen Leuten mit seinen Fragen auf die Nerven gegangen. Gesehen hatte danach niemand mehr einen Bogen von ihm.

Ich konnte Stefan damals nicht einmal sagen, ob er auf der Insel einen Eigenbau benutzte. Was ich im Jahr zuvor in der Hand hatte, sah zwar anders aus, als die Bögen, die beim Turnier benutzt wurden – es hatte niemand einen teilbaren Bogen mit Holzgriff – aber der Bogen war wunderbar verarbeitet und unter dem fehlerlosen Lack hatte ich die Maserung von altem Mahagoni leuchten sehen. Ob er mich wohl in diesem Jahre damit schießen lassen würde?

12

Die letzten Wochen vor meiner Abreise zur Insel vergingen schnell.

In meinem Koffer lagen diesmal auch der Bogen, zwei Sehnen, ein Köcher und ein Dutzend Aluminiumpfeile, die ich statt der weißen Federn mit orangefarbenen Plastikfletchen versehen hatte. Sie waren unempfindlich gegen Nässe und konnten den Transport besser überstehen. Ich wusste noch nicht, wo ich wohnen sollte und war gespannt auf das Haus auf dem Hügel, auf die Werkstatt und den Raum hinter dem gläsernen Giebel, in dem ich jetzt auf einem schmalen Klappbett lag und an die Decke starrte.

Was Erhard wohl an meiner Stelle getan hätte? Vermutlich gar nichts. Mit Sicherheit hätte er diese spontane Reise, die ich mir vielleicht grundlos durch meine Detektivspielereien interessant machte, überhaupt nicht angetreten. Zudem war er mir keinerlei Rechenschaft schuldig. Es ging mich eigentlich gar nichts an, was er tat. Und dennoch war es mehr als Neugierde, was mich hierher getrieben hatte. Wieder versuchte ich, diesem Gefühl Ausdruck zu geben – etwa so, als müsse ich meine Anwesenheit in diesem Haus jemandem erklären. Es gelang mir nicht.

Wenn er es für notwendig befunden hätte, sein Verschwinden zu erklären, dann hätte er mich informiert, soviel war sicher. Nur auf welchem Wege? Konnte es nicht Gründe geben, die ihn hinderten, mir eine Nachricht zu geben? Möglich waren Brief oder Telefon. Konnte der Grund des Verschwindens nicht beide Formen der Mitteilung ausschließen? Ich überlegte. Vielleicht hatte er doch damit gerechnet, dass ich kommen würde und irgendwo hier in diesem Hause lag der Schlüssel für das Geschehene. Es war durchaus denkbar. Je länger ich diese Möglichkeit prüfte, umso wahrscheinlicher schien sie mir. Wie war doch damals unser Gespräch verlaufen, als er mir seine Vorstellung zum Begriff der Hoffnung erklärte?

„Hoffnung", so sagte er nachdenklich, „ist eine bestimmte Form einer Erwartungshaltung, die im Grunde genommen den Zweifel zum Kern hat. Oder besser eigentlich Unsicherheit. Das Gegenteil davon wäre Angst – sozusagen die negative Seite der Unsicherheit, während Hoffnung die positive Seite ist. Aber Hoffnung ist zu wenig, damit zu leben. Du kannst daraus keine Haltung aufbauen, wenn Du verstehst, was ich meine."

Das hätte er sich sparen können. Es schien mir entweder arrogant oder fatalistisch, ohne Hoffnung leben zu wollen. Aber eigentlich hatte ich für beides bei ihm bisher keine Anzeichen gefunden. „Hast Du denn Besseres zu bieten, als Hoffnung?" wollte ich wissen.

„Gewissheit", antwortete er, „oder doch so etwas Ähnliches. Wir müssten uns vielleicht über den Begriff verständigen. Eine Gewissheit ist zum Beispiel 3 x 3 = 9. Vielleicht wird dir das jetzt zu platt, aber frei nach Kant wäre das eine objektive Gewissheit. Kant hat schon vor hundert Jahren drei Stufen der Urteilsfindung unterschieden, nämlich Meinen, Glauben und Wissen. Er hat dabei auch etwas von einer subjektiven Gewissheit gesagt. Was ich meine, geht mehr in diese Richtung. Wenn ich vor drei Jahren zu einem Hallenturnier angetreten bin, dann war es möglich, dass ich vierhundert Ringe schieße oder fünfhundert. Natürlich hatte ich die Hoffnung,

dass es fünfhundert würden, aber hatte immer Zweifel, ob ich es schaffen würde. Heute weiß ich, dass ich gut bin für mehr als fünfhundert Ringe. Das ist keine Hoffnung, sondern eine subjektive Gewissheit."
Na also, wir waren wieder beim Bogenschießen.
„Diese Gewissheit musst Du stufenweise aufbauen. Als ich anfing, Bögen zu bauen, war ich keineswegs sicher, dass ich zu brauchbaren Ergebnissen kommen würde. Ich habe mir schrittweise Sicherheit verschafft, zunächst über die einfachen Dinge. Material, Form, Konstruktion, Verbindungsmechanik – eben die konkreten und ohne Literatur nachprüfbaren Fakten. Als ich die Form wusste, habe ich mit Zeichnen und Konstruieren angefangen, dann mit dem Formenbau.Selbst als ich den Bogen durchgemessen hatte, wusste ich noch nicht, ob und wie ich damit schießen würde. Aber die Gewissheit wurde mit jedem Schritt größer."

Mir schien das eher eine methodische Frage zu sein. Eigentlich konnte ich keinen rechten Zusammenhang zwischen seiner Arbeitsweise und der Notwendigkeit einer inneren Einstellung zu irgend einem Ergebnis erkennen. Er schien meine Zweifel zu bemerken und suchte nach einem anderen Beispiel:
„Solange Du beim Bogenschießen Zweifel hast, Dein Ziel zu treffen – solange Du hoffst zu treffen – kannst Du es ebenso gut bleiben lassen. Du musst absolut sicher sein, zu treffen. Wenn Du nicht sicher bist, lass den Pfeil im Köcher. Es gibt irgendwo eine Grenze, an der Du Dein Ziel checken kannst und irgend etwas in Dir sagt Dir dann, ob Du treffen wirst oder nicht. Diese Grenze liegt nicht bei der Tragweite Deines Bogens, sondern bei der Sicherheit Deines Handelns."

Er war bemüht, mir etwas zu erklären, was mir selbst viel einfacher erschien. Nach meiner Meinung war die von ihm

für notwendig gehaltene Gewissheit nichts weiter als ein Haufen handfester Erfahrungen.
Als ich ihm meine Meinung sagte, schüttelte er den Kopf und sagte nach einer Weile:
„Sicher ist es ein Gefühl, das auf der Summe einer Reihe von Erfahrungen aufbaut. Aber es ist doch etwas Anderes und es ist mehr als das."

Soweit ich mich erinnerte, haben wir nicht weiter darüber gesprochen; wohl auch aus dem Grunde, dass jeder glaubte, vom Anderen nicht verstanden zu werden. Aber wir hatten bald Gelegenheit, noch einmal an dieses Gespräch zu denken.

13

An die Umstände meiner Bahnfahrt in dem Jahr, als ich zum ersten Male im Haus auf dem Hügel wohnte, hatte ich keine Erinnerung. Ich hatte meinen Ankunftstag mitgeteilt und auch das Schiff erreicht, mit dem ich fahren wollte. Nachdem Koffer und Tasche auf dem Haufen von Handgepäck im Bug des Schiffes gelandet waren, löste ich die Karte und ging über die schmale Planke an Bord des Schiffes.
Schon drängten sich die Menschen auf den engen Gängen und Treppen, und beide Decks, in die ich nur einen Blick hineinwarf, waren voll besetzt.

Ich sah kein bekanntes Gesicht, wie erwartet, und ging an der offenen Luke der kleinen Kombüse vorbei, aus der die Dampfwolken aus dem Wurstkessel quollen. Ich stieß die Tür zum Oberdeck auf und stieg über die hohe Schwelle.
Mit heiseren Schreien schwangen sich Möwen über das Schiff, so nahe, dass sich im Gegenlicht der Morgensonne jede einzelne Feder der gespreizten Schwingen abzeichnete.
Ich setzte mich nahe der Reling auf eine Bank und sah hinüber zu den Kindern, die auf dem brüchigen Mauerwerk des alten Hafenbeckens saßen und ihre Angeln auswarfen. Zwischen buntschillernden Öllachen schwammen im trüben Wasser die träge pulsierenden durchscheinenden Körper der Quallen, stiegen auf und versanken.
All das sah ich in der Gewissheit eines dreiwöchigen Urlaubs auf der Insel mit einer Mischung aus Erwartung und Erfüllung, die sich im Gefühl des Wiedererkennens als angenehme Erregung einstellte. Noch waren ringsum Häuser im Blick, fuhren hinter meinem Rücken die Autos die schmale Hafenstraße hinauf, rangierte unter schrillem Pfeifen ein Güterzug hinter den Hallen der Werft. Aber wenn ich den Blick hob, roch ich die frische Kühle der offenen See und sah in einen blassblauen Himmel, über den dünne Wolkenfahnen zogen, die sich in der Ferne auflösten. Das leise Pochen des Schiffsdiesels, dessen ruhiger Lauf das ganze Schiff kaum merklich vibrieren ließ, teilte sich mit über die stählerne Brückenwand, an die sich mein Rücken lehnte.
Über mir dröhnte dreimal der tiefe Ton der Schiffssirene. Stampfend kam der Motor auf Touren. Die Leinen kamen über Bord und das Schiff legte ab. Begleitet von einem quirlenden Schwarm weißer Möwenschwingen schwenkte der Bug herum und nahm Kurs auf die Hafenausfahrt. Immer wieder war es dieser Augenblick, in dem der Urlaub begann.

14

Mühsam fand ich zurück in die Wirklichkeit. Seit einiger Zeit schien mein Unterbewusstsein ein fernes Geräusch zu registrieren. Ich löschte das Licht und trat unsicher tappend ans Fenster, hakte den Vorhang aus und starrte ins Dunkel. In der gestaltlosen Finsternis schien fern ein fahler Lichtschein zu schweben. Es musste die Lampe sein, die am gegenüberliegenden Hang am höchsten Punkt des Hügelweges stand. Es war dichter Nebel, der unbeweglich über der Insel lag.

Als ich den Fensterflügel aufstieß, kam ein Schwall nasskalter Luft ins Zimmer. Jetzt war es deutlich zu hören. Es war das Nebelhorn an der Nordseite der Insel, dessen tiefes langatmiges Heulen die feuchten Schwaden in mein Zimmer zu drükken schien.

Für einen Moment empfand ich beklemmend meine Verlassenheit und wünschte, ich säße in der warmen Gaststube am Hafen, vor mir den dampfenden Grog und in der Nähe von Menschen, die miteinander sprachen. Langsam zog ich das Fenster zu. Über die Traufe hob sich ein dichter Schwaden Nebel und legte sich vor die Scheiben. Blindes Grau hüllte das Haus in lichtloses Schweigen.

Obgleich ich nichts sah, spürte ich mich umgeben von schwebender Leere. Im Dunkeln suchte ich den Trainingsanzug aus der Tasche, zog ihn über und tastete mich zum Bett. Ich flüchtete mich in Wärme und Schlaf, als würde der Nebel zu mir ins Zimmer dringen, wenn ich noch länger wartete.

Ich erwachte steif und zerschlagen mit schmerzendem Rükken. Langsam wach werdend, sah ich den hellen Fleck auf dem Fußboden, den die Morgensonne auf die Dielen zeichnete, die Brotkrumen unter dem Hocker und die unbeweglichen

Falten des moosgrünen Friesvorhangs am Fenstergiebel. Die Nebelnacht war wie ein schwerer Traum vergangen.
Meine Kehle schien ausgedörrt. Ich stand auf und goss aus der Teekanne den Rest einer schwärzlichen Neige in die leere Tasse. Den Rest, bitter und kalt wie Eis, trank ich in winzigen Schlucken, die mir die Zunge beizten. Aber es machte mich munter wie eine Medizin. Als ich die leere Tasse absetzte, fiel mir das passende Wort dafür ein – Absud.

Es war gegen acht Uhr, als ich mit dem Korb voller Geschirr in der Hand und dem Handtuch über der Schulter in die Küche hinunter ging. Das Schnapprollo klemmte und rollte sich erst nach mehreren Versuchen träge in die Höhe. Zwischen den dichten Scheibengardinen sah ich auf den kleinen Hof, wo der Sonnenschein den Tau auf den Zweigen der Sanddornbüsche funkeln ließ. Der Wasserdruck war besser als gestern und nach einer kalten Dusche hatte ich mir die letzten Reste von Müdigkeit von der Haut gespült.
Im hellen Tageslicht ging alles schneller von der Hand; selbst das Wasser für den Tee schien schneller zu kochen als am Abend zuvor. Ich bedauerte, keine Eier aus der Kaufhalle mitgenommen zu haben. Aber Wurst, Brot und Tee waren ein gutes Frühstück. Eine helle Sonne schien in meine Teetasse und zeichnete tanzende Reflexe an die weiße Wandschräge. Aus dem Schatten sah ich durch die Scheibe des Gaubenfensters nach draußen. Vom Wegrand her lärmte ein Schwarm Spatzen, zwei Elstern flogen schwerfällig über die Hügel in Richtung zum Dorfe und hochbeinig stelzte eine schwarzbunte Katze durch das Gras der Senke zum Weg hinauf. Aus dem Dorf hörte ich das Krähen der Hähne. Ich hatte das Gefühl, ich müsse im Zimmer unter mir Erhards Schritte hören. Aber im Haus war alles still.
Ich trug das Geschirr in die Küche und öffnete die Tür zum Wohnzimmer. Zum ersten Male, seit ich das Haus betreten

hatte, sprang mich das Gefühl der Verlassenheit an. Oben war das Dachzimmer leer gewesen. Aber es war ein sauberes, aufgeräumtes Zimmer und Licht und Wärme machten es hell und freundlich.

Auch hier schien die Morgensonne hell durch das breite Terrassenfenster. Aber ihr Licht fiel auf die lederbraunen Blätter des vertrockneten Philodendron, dessen Luftwurzeln sich um den dürren Stamm der Pflanze spreizten. Auch die palmartigen Wedel der riesigen Zyperngrasstaude in dem Holzkübel hatten die Farbe alten Strohes angenommen. Die dichten Reihen der verschiedenen Kakteenarten auf der breiten Fensterbank sahen grau und verdorrt aus. Dennoch schien ihnen dieser Zustand angemessener, ihre Verwandlung nicht so augenscheinlich, wie das Sterben der üppigen Blattpflanzen gewesen war, unter deren kühlem Grün ich manchen Abend gesessen hatte.

Als ich ans Fenster trat, sah ich einen winzigen roten Stern aufleuchten. Eine der weißgrauen kleinen Kugeln hatte zwischen faserigem Gespinst eine Blüte getrieben. Der Anblick der toten Pflanzen bedrückte mich. Aber ich musste sie stehen lassen.

Ich sah mich im Zimmer um. Abgesehen von den eingegangenen Pflanzen schien auch hier alles unverändert. Auf den hellen Eschenholzmöbeln war nicht einmal Staub zu bemerken. Ich schaltete den Heizlüfter ein und schob ihn in die Mitte des Raumes, wo er mit leisem Brummen einen Strom warmer Luft in den Raum zu blasen begann. Von zwei langen Regalbrettern über dem Sideboard sahen die handgroßen Terrakottafiguren zu mir herab, die Erhard vor zwei Jahren zu modellieren begonnen hatte. Ich griff wahllos einige von ihnen und stellte sie vor mich auf den Tisch. Es waren ausnahmslos weibliche Akte. Ich versuchte, sie zu einer Gruppe zu ordnen und war überrascht, als es nicht möglich schien. Sie waren nicht bereit, untereinander eine Beziehung aufzuneh-

men. Jede dieser stehenden, sitzenden, liegenden Frauen schien in sich versunken und ganz mit sich selbst beschäftigt zu sein. Still und gelassen strahlten sie eine innere Ruhe aus. Nein, nicht gelassen – gelöst schienen sie mir. In aller Vielfalt der Haltungen war doch immer eine deutliche Geschlossenheit der Form zu bemerken, die den gelbbraunen Körpern eine merkwürdige Größe verlieh.
Ich schob sie auseinander, bis jede den Raum hatte, der mir angemessen schien. Es war nicht eine Gruppe darunter.
Zu Anfang waren die Plastiken, die wie Modellskizzen aussahen, aus ungewaschenem Ton mit körnigen Beimengungen direkt am Strand entstanden und zeigten kaum feinere Details. Später hatte er begonnen, den Ton in Plastiktüten nach Hause zu tragen, zu waschen und die feine Schlemme abzugießen. Mit einem Aquarellpinsel retuschierte er die Spuren der Modellierhölzchen und erreichte eine Weichheit und Glätte der Oberflächen, die mich erstaunte.

Ich sah Erhard vor mir sitzen, den gebeugten Rücken der Sonne zugewandt, wie er auf einem Holzbrett an den kleinen Figuren arbeitete. Er war sonst tagsüber nie am Strand. Aber in dem Jahr kam er tagelang an den schmalen Sandstreifen unterhalb der Steilküste, saß auf den glatt geschliffenen Findlingen am Spülsaum des Meeres und sah still dem Treiben am Strande zu.
Irgendwann wanderte er dann am Wasser entlang bis zu der Stelle, wo unter einem neuen Abbruch eine blassgraue Tonscholle zutage trat, über die in dünnem Faden eine Wasserader floss. Zwischen den Steinen hindurch führte sie ins Wasser und trug eine Wolke milchiger Trübe ins flache Wasser der kleinen Bucht. Mit einem Messer löste er kleine Schollen, die er in einer Plastiktüte zurücktrug bis zu der Stelle, wo die unregelmäßige Reihe der runden Findlinge das Ende der Schutzmauer um die Steilküste bildeten. Hier begann er, den

kopfgroßen Klumpen Ton auf die glatte Steinfläche zu schlagen, bis der Ton weich und plastisch zu werden begann. Kieskörnchen und Wurzelfasern entfernte er, ließ dann den Klumpen in die Tasche gleiten und trug ihn zu einer erhöhten Stelle des Strandes, wo hinter einer Kiesbank der halbvergrabene Stamm eines Baumes seine verkrümmten Wurzelstümpfe aus dem Sand streckte. Hier hockte er sich hin und begann zu arbeiten.

Ich hatte ihn während seiner Tätigkeit nie nach einem Modell arbeiten sehen. Wenn er anfing, die rohe Form aus dem Klumpen zu bilden, schien er eine feste Vorstellung der Figur zu haben. Möglicherweise war seine Arbeitsweise dilettantisch. Er schnitt die rohe Form mit der Klinge eines großen Taschenmessers aus und setzte nicht, wie ich einmal gelesen hatte, kleine Tonmengen an, sondern nahm mit der scharfen Schrägfläche eines glattgeschabten Astes, den er als Modellierholz benutzte, winzige Mengen ab.

Er konnte stundenlang selbst in der heißesten Mittagssonne sitzen, völlig versunken in sein Spiel mit den kleinen Figuren. Es war mir nicht möglich, lange daneben zu hocken, denn ohne den kühlenden Wind konnte ich die Hitze nicht ertragen.

Manchmal sahen ihm Leute zu. Er antwortete einsilbig auf alle Fragen und sah kaum auf, solange er beschäftigt war. Schließlich glättete er mit den Fingerspitzen, die er in einer rostigen Blechbüchse mit Wasser anfeuchtete, die kleinen Figuren und setzte sie in den Schatten. Nicht mehr als eine Plastik entstand an einem Tage. Er trocknete sie im Hause auf dem gleichen Regal, von dem ich sie jetzt genommen hatte. Das Brennen in dem kleinen Muffelofen im Keller hatte er wohl erst im Herbst danach begonnen.

Es war das einzige Jahr, in dem er tagelang die Pfeile im Köcher ließ und auch kaum in der Werkstatt an seinen Bögen arbeitete. Und es war auch das Jahr, in dem er seinen ersten

Fita-Stern schoss. Aber es war nicht das mangelnde Training, das ihm dabei beinahe zum Verhängnis wurde. Sein Handicap hing direkt zusammen mit dem ständigen Umgang mit dem feuchten Ton.

Als ich die Figuren auf das Regal zurücksetzte, sah ich ganz hinten in der Ecke eine andere, größere Plastik stehen. Zuerst war nur eine scheinbar abstrakte organische Form zu erkennen. Ich griff nach dem Stück und setzte es vor mich auf die Tischplatte. War das ein Torso? Ich wusste nicht, wie ich es bezeichnen sollte.

Aus einer rechteckig gebrannten Tonplatte – sicher war sie für den kleinen Muffelofen zu groß gewesen – wölbten sich Achselhöhle und Brust einer Frau. Während die Platte selbst grob geglättet war, schien die Oberfläche des Torsos mit großer Sorgfalt behandelt zu sein. In der Reduzierung der Form zeigte sich bei aller Realität des körperlichen Abbildes eine fast mathematische Gesetzmäßigkeit: Im gleichen Maße wie die Oberfläche im Bereich der Achselhöhle einzusinken schien, wuchs sie als Wölbung wieder aus der Fläche heraus.

Langsam drehte ich die Tonplatte und ließ den seitlichen Schatten über die Figur wandern. Im Streiflicht bemerkte ich am Fuß der Platte das eingeritzte Yin- und Yangzeichen – den Kreis mit der s-förmigen Teilungslinie als Symbol der untrennbaren Einheit der Gegensätze.
Was mochte er damit gemeint haben? War es nichts weiter als eine plastische Umsetzung des Abbildes der Dualität oder hatte er nachträglich spielerisch das Zeichen eingesetzt, als Hinweis für eine mögliche Deutung? Das Sonnenlicht modellierte auf der matten gelbgrauen Oberfläche mit weichen Schatten das Sinken und Heben der Form in einer fließenden Bewegung, die sich zu fangen schien in einer vollkommenen Rundung.
Mir schien dieser Torso mehr von der Schönheit des weiblichen Körpers zu sagen, als manche lebensgroße Vollplastik, die ich gesehen hatte. Vielleicht lag es an der seltsamen Spannung, mit der die fast formelhaft reduzierte Plastik aus der rechteckigen Tonplatte zu wachsen schien. Ich konnte mir vorstellen, dass dies seine letzte Arbeit - sozusagen das Resümee aller seiner plastischen Übungen war.
Ein schöner Schlusspunkt. Vorsichtig stellte ich die Platte an ihren Platz zurück.

15

Über den von der Sonne hell angeleuchteten dichten Store am Terrassenfenster huschte ein Schatten. Gleich darauf hörte ich den läutenden Doppelruf einer Kohlmeise, die vor dem Fenster durch das Gewirr geknickter Malvenruten hüpfte. Plötzlich empfand ich den Wunsch, über die Hügel zu laufen, durch den Wald hinüber zur Steilküste, den frischen Seewind im Gesicht zu spüren und die Kiesel unter meinen Füßen knirschen zu hören. Bei Nacht und Regen war es gut, im Haus zu sein, aber die Sonne machte mir bewusst, dass ich mich selbst eingesperrt hatte. Es war schon besser, kein Risiko einzugehen und das Haus erst bei Dunkelheit wieder zu verlassen.

Immerhin war ich mit dem Vorsatz hier hergekommen, mich mit meinen Erinnerungen auseinander zusetzen. Ich würde wiederkommen. Das wusste ich, wenn auch wahrscheinlich nicht mehr in dieses Haus. Langsam sah ich mich in dem Zimmer um, dessen blassgelbe Wände das Sonnenlicht zu verstärken schienen.

Die Regalwand voller Bücher war sorgsam geordnet; in geraden Reihen standen die bunten Buchrücken nebeneinander. Auf der obersten Reihe die ausgestopften Bälge einer Raubmöwe, einer Stockente und einer Elster.

Daneben sonnengebleichte bizarre Wurzelenden von Schwemmholz, eine Grappaflasche mit getrockneten Gräsern und unter einer Glaskugel eine kleine Holzplastik. Alles war mir vertraut.

Auch in den Fächern und Schüben des Sideboards würde ich nichts finden. Mich zog es schon lange in die Werkstatt. Es war eine vage Hoffnung, die mich bisher zögern ließ; er hatte mir einen Bogen versprochen.

Nicht nur das: Wir hatten das Holz für den Griff gemeinsam ausgesucht im letzten Sommer. Es war ein schweres Stück makellosen Afrormosiaholzes gewesen, dessen gelbgrüne Farbe an Akazienholz erinnerte, aber mit einer merkwürdig geflechtartig verschränkten Maserung. Er hatte den Rohling bereits zugeschnitten, fluchend und spuckend. Das Holz war höllisch hart und die kleine Bandsäge kreischte in kurzen Abständen, um selbst bei geringem Vorschub sich festzufressen. Stechende Rauchwolken stiegen aus der Schnittfuge und beizten die Schleimhäute der Nase, bis wir das Fenster öffneten. Aber bis zum Bogenfenster – dem seitlichen Ausschnitt oberhalb des Griffes – war das Mittelstück fertig gewesen.
Ich hatte ihn gedrängt, solange mir seine Freude über den Ausgang des Sternturniers anzuhalten schien – und bevor noch mehr Aufträge für neue Bögen eingehen würden.
Er hätte fertig sein können, sicher. Aber möglicherweise hatte er den Bogen jemand anders verkauft. Ich konnte es nicht ausschließen.

Zögernd öffnete ich die Tür zur Werkstatt. Es war dunkler als im Terrassenzimmer. Nicht nur, weil die Fenster nach Westen zeigten. Die Scheiben waren trübe und verschleiert von einer gleichmäßigen Schicht rotbraunen Schleifstaubes. Neben der Hobelbank lag ein Haufen zusammengekehrter Holzspäne. Der Werkzeugschrank war geschlossen. An der Wand hingen die Reihen der schweren Schraubzwingen. Bandsäge, die kleine Kreissäge und die Abrichte waren mit Plastikfolien abgedeckt. Die Regale, in denen die Reihen der Wurfarme in einem rechenartigen Gestell paarweise geordnet standen, waren leer. Unter der Hobelbank stand die Form, in der er die Wurfarme verleimt hatte. Die stählerne Spannschiene hing neben der Tür. Sorgsam geschichtet und sortiert lagen auf einer schmalen Werkbank die zugeschnittenen Streifen der Ahornfurniere, daneben die gleichgroßen dünneren Lagen der Glasfaser-

laminate für die Deckschichten. Büchsen mit Leimen und weißem Bootslack auf dem Regal darüber. Der Stapel der vorbereiteten Kanthölzer – Mahagoni, Bubinga und ein Holz, das ich nicht kannte – schien kleiner geworden.
Ich spürte die Enttäuschung in mir aufsteigen.
Als ich mich umdrehte, sah ich den Pfeil auf dem Türrahmen liegen. Ich nahm ihn herab und blies den Staub von den grau gewordenen Federn. Im hinteren Drittel war er verbogen, die Nocke halb abgesplittert.
Es war ein Aluminiumpfeil und er war braunfleckig, vorn in schlierig abbröckelnden Schuppen. Ich spürte den Rest Paraffin, mit dem er den Pfeilschaft einrieb, um ihn leichter aus der Scheibe zu ziehen. Er hätte den Pfeil wieder richten können. Dass er es nicht getan hatte, dass er ihn trotzdem aufbewahrte – so wie er war – ließ mich sicher werden, dass es *dieser* Pfeil war. Er hatte seine Pfeile immer mit Sorgfalt behandelt. Ich erinnerte mich der Bewegung, mit der er sie durch die Beuge des angewinkelten Armes zog, indem er die Nocke zwischen Daumen und Zeigefinger drehte, um Sand und Nässe abzustreifen.
Dieser Pfeil war nach dem letzten Schuss nicht gesäubert und nie wieder benutzt worden.
Ich nahm den Pfeil und stieg die Treppe hinauf, legte den Pfeil auf den Tisch und schob alles andere beiseite.
Ich war dabei, als er diesen Pfeil geschossen hatte.
Es war im Sommer vor zwei Jahren.

16

Das Ereignis an sich war unbedeutend. Bemerkenswert waren nur seine Umstände, und auch nur für den, der sie erfahren hatte. Man kann es als Zufall bezeichnen, aber damit ist es nicht abgetan. Es mussten mehr als zwei Dinge zusammentreffen, um Pfeil und Ziel einander begegnen zu lassen. Ich weiß nicht, was es war. Aber für ihn war es ein Zeichen und er hatte ihm eine Deutung gegeben.

Natürlich konnte man mit einem Pfeil ein Kaninchen erlegen. Aber selbst auf dreißig Meter musste man dann schon ein guter Schütze sein. Mit seinem Bogen konnte er etwa hundert Meter weit ein Ziel anvisieren – ich meine, direkt anvisieren. Aber auf die Entfernung ein Kaninchen treffen zu wollen, ist einfach lächerlich. Bei Entfernungen über hundert Meter gibt es nur ein instinktives Schießen; die Flugbahn des Pfeiles ist zu steil. Abgesehen davon wird der Einfluss des Windes mit steigender Entfernung immer größer, da die Geschwindigkeit des Pfeils nachlässt. Und Wind ist fast immer auf der Insel. Windstille ist nur manchmal zur Zeit des Sonnenunterganges oder sie kündet einen Wechsel der Windrichtung an.
Schön – er hatte in Richtung auf das Kaninchen gezielt. Aber ich weiß, dass er nicht erwartete, es zu treffen.

Es war ein früher Junimorgen. Die Sonne wärmte noch nicht und im Gras lag schwer der Tau, der mir sofort die Jeans bis zum Knie durchnässte. Im Hinausgehen hatte er eine Handvoll Pfeile aus dem hohen Weidenkorb neben der Tür gegriffen, die er nun vor dem Holzrost ins Gras stieß, von dem aus wir auf die Scheibe am Hang schossen. Er legte einen Pfeil auf und stützte den Bogen leicht auf den linken Fuß. Die Son-

ne kam eben über das Rieddach und warf den langen Schatten des Hauses auf das dichte Gras. Er zögerte, sah hinaus auf den Bodden und wendete sich dann zurück zum Wald. Dann drehte er sich ganz herum, den Rücken zur Scheibe, und ging in Schussposition. Ich trat einen Schritt vor, um in seine Richtung blicken zu können. Als er den Bogen hob, sah ich am gegenüberliegenden Hang, der steil gegen den Kiefernwald ansteigt, auf halber Höhe eine Bewegung.
Neben dem gelbleuchtenden Sandfleck im grünen Rasen, unterhalb des Sanddorndickichts saß ein Kaninchen, ein hellgrauer Fleck, deutlich wahrzunehmen sein Schatten durch die flachstehende Sonne.
Er hob den Bogen langsam ins Ziel, immer noch zögernd, wie mir schien. Dann spannte er zügig und ließ den Pfeil fliegen.
Im Scheitel der Flugbahn sah ich ihn in der Sonne aufblitzen, dann fiel er gegen die dunklen Kronen des Waldes aus meinem Blick. Im Augenblick des Ablassens hatte sich das Kaninchen bewegt. Zweimal hüpfte der Schatten nach links und dann war der Pfeil da. Ich hörte den Schrei – ich hatte nicht gewusst, dass Kaninchen schreien können – sah eine heftige Bewegung und der gelbe Sand stiebte neben der dunklen Öffnung des Baues. Dann war Stille und keine Bewegung mehr.

Das ganze hatte weniger als zwei Sekunden gedauert. Er setzte den Bogen auf den Fuß und starrte mich mit leerem Blick an. Ich begriff es so wenig, wie er selbst.
Ich wusste sofort, dass mir niemand glauben würde, was ich eben gesehen hatte, und ich glaubte es selbst nicht. Er legte den Bogen auf das Hakengestell neben der Holztür, ging dann noch einmal zurück, entspannte die Sehne und legte den Bogen wieder hin.
Schweigend gingen wir nebeneinander am Haus vorbei den Weg hinunter in die sonnenhelle Talsenke und bogen dann ab,

um in langen Schritten über den niedrigen Rasen den Hang emporzusteigen.
Das Kaninchen lag auf der Seite, das helle Bauchfell hatte einen roten Streifen, körnig glänzend von klebendem Sand. Das Ende des Pfeils war blank und silbern, aber das vordere Ende war rot verfärbt, als ich das Kaninchen umdrehte.
Der Pfeil hatte das Tier durchschlagen und musste sich in den fest verwurzelten Boden des Hanges gebohrt haben. Ich zog den Pfeil heraus. Er war krumm gebogen und blutig verschmiert. Ich wusste, wie sorgsam er seine Pfeile behandelte, wie es ihn ärgerte, wenn ich auf harte Ziele schoss oder versehentlich das Holz des Scheibenständers traf. Ich hielt ihm den Pfeil hin – am hinteren Ende, wo er noch blank und sauber war.
Er nahm ihn und fuhr mit dem Finger über die blutige Spitze. Dann wendete er sich um und ging zurück, den Pfeil in der Hand. Ich bückte mich und hob das Kaninchen am Hinterlauf hoch, um es mitzunehmen. Er ging mit langsamen Schritten voraus, nahm den Bogen von der Hauswand und trat durch die Tür. An diesem Tage hatte ich ihn danach nicht mehr gesehen.
Auf dem Rückweg hatte ich die Entfernung festgestellt. Es waren 160 Schritte, die Luftlinie musste mehr als hundert Meter betragen. Ich mochte an dem Tage auch nicht mehr schießen, wanderte zum Strand und versuchte, mir einen Reim auf diesen merkwürdigen Vorfall zu machen. Er fand allerdings eine ganz andere Erklärung dafür.

17

In jenem Jahr schien der Sommer eine ununterbrochene Reihe von Tagen voller Sonne zu sein. Gegen Mittag leerten sich die Strände der Insel. Die als Windschutz aufgespannten bunten ringförmigen Stoffbahnen waren verschwunden. Statt dessen sah ich erstmalig aufgespannte Laken als Schattenzelte. Selbst die Unentwegten unterbrachen Volleyball- und Wurfscheibenspiele, um im Schatten zu dösen. Die nackten Füße brannten auf dem glühheißen Sand. Der kurze Weg zum Wasser war ohne Sandalen eine Folter. Überall entstanden aus angeschwemmten Brettern und Kistendeckeln Laufbahnen von den flachen Sandburgen bis hin zum Strand.

Nachdem mein erster Sonnenhunger gestillt war – ständig begleitete mich im Urlaub die Sorge vor einem verregneten Sommer – verschlief ich nun die Mittagshitze unter dem kühlen Rieddach im Haus auf dem Hügel. Auch Erhard ließ sich zu dieser Zeit nicht sehen.

Es war überhaupt alles sehr anders verlaufen, als ich mir vorgestellt hatte. Ich hatte nicht eigentlich damit gerechnet, am Hafen erwartet zu werden. Aber als ich dann mit meinem Gepäck – Koffer und Reisetasche – neben dem Schiff stand, suchte ich ihn doch in der Menge, die sich langsam verlief. Er war nicht da.
Ich nahm das Gepäck auf und trottete einer Gruppe nach, die fröhlich lachend und schwatzend einen mit Koffern hochbeladenen Karren vor sich her in Richtung zum Dorf schob. Die Sonne stand hoch und ich ging im Schatten der Linden langsam den Weg zum Hügel hinauf.

Die Blüten der Ginsterbüsche leuchteten hellgelb vor dem klaren Blau des Himmels, als der First des Rieddaches über der Hügelkuppe auftauchte. Ich setzte Koffer und Tasche ab und sah hinüber.

Erhard saß auf der Bank neben der Haustür und schien damit beschäftigt, ein Stück Holz zu schleifen, das auf seinen Knien lag. Ich hatte keine Lust, mich bemerkbar zu machen und wartete eine Weile, bis er aufsah und das Holz beiseite legte. Als er mich erkannte, hob er grüßend den Arm. Aber erst als ich den Weg an den Rosenhecken vorbei hinaufkam, stand er auf und kam mir langsam entgegen. Er gab mir die Hand, als hätten wir uns gestern zum letzten Male gesehen, nahm mir die Tasche ab und ging mir wortlos voran ins Haus, in dem mich Stille und Kühle empfingen.

Das war meine Ankunft.

Auch das gemeinsame Bogenschießen am Morgen verlief ganz anders. Aus Berlin war ich gewohnt, dass die Trainingsstunden locker und oft auch lautstark verliefen.

Selbst an der Schützenlinie wurde munter erzählt, über Fehlschüsse laut geschimpft und Leistungen Anderer kommentiert. Ich hatte oft Probleme, mich zu konzentrieren, versuchte aber, mich daran als eine scheinbar übliche Form zu gewöhnen. Bogenschießen war uns eben ein Spaß, eher Vergnügen als Leistungssport, wenn auch die erreichten Ringzahlen sorgfältig notiert und verglichen wurden. Erst jetzt fiel mir auf, wie anders Erhard mit Pfeil und Bogen umging.

Seine Angewohnheit, schon bald nach Sonnenaufgang zu trainieren, hatte er beibehalten. Das „Nachtschießen“ mit den Taschenlampen unter der Scheibe schien eine Ausnahme gewesen zu sein.

Weil sich mir der Eindruck einer beinahe rituellen Übung beim Ablauf seiner Serien immer mehr verstärkte, fragte ich ihn eines Tages, ob er auf diese Weise seine Morgenandacht halte. Er sah mich überrascht an, nickte zögernd und sagte: „So etwas Ähnliches.“ Mehr nicht.

Schon am ersten Morgen meines Urlaubs weckte mich der sich in regelmäßigen Abständen wiederholende Dreierrhythmus der dumpfen Pfeileinschläge. Für einen Wettkampf schien mir die Schussfolge zu schnell. Ich zählte bis zweiunddreißig, dann kam pünktlich das scharfe „Zock“ aus der Richtung der Scheibe.

Ich zog mich an, setzte meinen Bogen zusammen, legte die Sehne ein und griff nach den Pfeilen. Draußen blendete mich strahlender Sonnenschein. Erhard stand im Schatten der Birke und sah zur Scheibe hinüber. Als ich zu ihm ging, trat er schweigend zurück, legte seinen Bogen ins Gras und überließ mir den Stand.

„Fünfzig Meter?“, fragte ich. Er nickte, sah mir zu und ließ mich ein Dutzend Pfeile schießen, bevor er den Mund wieder aufmachte.

„Die linke Schulter nach hinten, der rechte Arm ist zu hoch. Beim Ablass geht Deine Hand zur Seite, statt nach hinten. Aber Dein Stand ist gut und der Ablass ist sauber. Wie viel Ringe schießt Du auf fünfzig Meter?“

Ich zögerte. „Hundertachtzig“, sagte ich dann.

„Also im Schnitt fünf Ringe.“

Er setzte sich ins Gras, legte die Arme um die Knie und sah eine Weile vor sich ins Gras.

„Nimm meinen Bogen,“ sagte er dann, „es geht los. Kein weiß, kein schwarz, nur die blauen Ringe. Alles klar?“

Ich sah zur Scheibe. Die Zehnerringscheibe hatte von außen nach innen jeweils zwei Ringwerte von eins bis zehn in den Farben weiß, schwarz, blau, rot und gelb – oder „Gold“, wie die Bogenschützen sagten. Ich sollte also keine Ringzahlen unter vier schießen. Es ging ihm offensichtlich um die Streuung.

Natürlich – bei dreihundertsechzig möglichen Ringen auf der Zehnerringscheibe hatte ich bei hundertachtzig einen Schnitt von fünf. Aber dabei waren zwei oder drei Zehnen neben zweien und dreien. Und natürlich auch ein paar Fehlschüsse – „Fahrkarten".
„Konzentration", sagte Erhard. „Jeder Pfeil ist wichtig . Nicht mitzählen. Immer nur an den einen Pfeil denken. Und sofort vergessen, wenn er in der Scheibe steckt.
Und noch eins – lass Dir Zeit."

Er hielt mir den Bogen entgegen. Er war viel schwerer als meiner. Der Griff war tief ausgeschnitten und breit. Als ich spannte, spürte ich, wie gleichmäßig der Druck sich auf die Handfläche verteilte. Der Bogen zog sich aus wie Sahne – unglaublich weich und gleichmäßig. Der Abschuss war leise und die Vorwärtsbewegung des Bogens beim Ablassen kaum spürbar in der Bogenhand – kein Rucken und Springen, wie ich es von meinem Glasfiberbogen gewohnt war.
Der Pfeil steckte im roten Ring – eine Acht.
„Mit dem Bogen kann man gar nicht schlecht schießen, was ?"
Erhard lachte. „Man kann schon. Aber Du darfst es jedenfalls nicht." Er ging ins Haus.
Sicher lag es nicht allein an dem Bogen. Wahrscheinlich war es der Einfluss all dessen, was um mich her war. Ein Gefühl von Freiheit, eine Ahnung noch unbekannter Möglichkeiten lag in der Luft, als ich allein mit dem Bogen in der Hand auf dem Hügel stand und Pfeil auf Pfeil in die Scheibe jagte.
Natürlich konnte ich es nicht unterlassen, meine Ringe zu zählen. Ich kam auf knapp zweihundert und war sehr zufrieden mit mir. Am Abend auf der Terrasse verlangte Eberhard jedoch kategorisch, dass ich das Aufschreiben unterlassen solle. Er meinte, dass ich hier im Urlaub sei und nicht in einem Trainingslager. Ich fand schnell heraus, dass ich weit

unbelasteter zu schießen begann, wenn ich darauf verzichtete, irgendwelche Ringzahlen zu erreichen. Der unbewusste Zwang, der sich einstellte, wenn mir ein paar Ringe fehlten, wirkte sich als zusätzliche Spannung aus und führte unweigerlich zu Fehlern. Erhard bestärkte mich in dieser Meinung. Wenn er davon sprach, dass ich locker sein müsse, meinte er damit nicht nur die Anstrengung der Muskeln.

Er schoss nicht mit mir gemeinsam auf die Scheibe. Nach ein paar Tagen hatte es sich so eingespielt, dass wir im Wechsel unsere Serien abgaben. Ich konnte nun mehr erkennen, wenn ich ihm zusah. Was mich verblüffte, war die absolute Konzentration, die sich wie auf einen inneren Befehl bei ihm einzustellen schien.

Sobald er den Stand eingenommen, den Pfeil eingelegt und den Bogen auf den linken Fuß abgesetzt hatte, ging eine Veränderung mit ihm vor, die ich nur schwer beschreiben konnte. Ich hatte das Gefühl, dass er nichts mehr wahrnahm. Manchmal dachte ich, er lauschte in sich hinein, um auf ein Zeichen zu warten. Diese Pause machte er nach jedem Schuss.

Wenn er dann den Bogen hob, geschah es in einer fließenden Bewegung und ohne Zögern. Die Hand griff nach der Sehne, wobei jeder Finger den Sitz des Pfeilbettes prüfte. Der Auszug war zügig, der Ablass schnell. Er schien kaum zu zielen. Seine Treffer lagen unglaublich dicht. Nach einer Woche hatte er das Gold völlig zerschossen.

Ein braunes Loch gähnte in der Mitte der Scheibe und schien meine Leistungen zu verhöhnen. Erhard schnitt aus Pappe runde Scheiben, die er rot anstrich und auf den Pfeilfang heftete. Ihre Durchmesser wurden immer kleiner.

Wir zählten nur die Treffer auf der Farbscheibe.

Als eines Tages böiger Wind über die Hügel jagte und die Pfeile neben der Scheibe ins Gras taumeln ließ, zogen wir

hinunter zur alten Kiesgrube, um dort zu schießen. Unterwegs hatte Erhard am Wegrand einen alten Plastikkanister aufgelesen, den die Sonne braun gebeizt hatte. Er war etwa vierzig Zentimeter im Quadrat groß.
Vor der steilen Wand der Kiesgrube, unter deren oberem Rand die Uferschwalben mit ihren Nistlöchern die glatte Fläche übersät hatten, bohrte er einen Ast in den Sand und steckte den Kanister darauf. Etwa auf dreißig Meter begannen wir danach zu schießen. Meine ersten beiden Serien gingen daneben, obgleich das Ziel so groß schien, dass es eigentlich nicht zu verfehlen war.
Erhard traf mit jedem Schuss. Er hatte Mühe, die Pfeile aus dem zähen Material zu ziehen. Er traf sogar die Schmalseite, als ein Pfeil am Rande des Kanisters einschlug und auf dem Ast zur Seite wegdrehte. Ärgerlich zog ich meine Pfeile aus dem Sand. Es sah so aus, als könne ich nur auf Turnierscheiben schießen. Erhard schien zu bemerken, dass mir die Lust vergangen war. „Warte mal“, sagte er, als wir schon zum Stand zurückgingen, wo mit einem Strich im Sand die Schützenlinie markiert war. Er kehrte um, schnitt mit einem Taschenmesser ein Kreuz in die Mitte des Kanisters und stopfte einen zusammengedrehten weißen Stofffetzen wie einen Pfropfen in die Einschnittöffnung. Dann kehrte er um. Als wir jetzt zur Scheibe zurücksahen, stand in der Mitte der braunen Fläche ein leuchtender weißer Punkt. Mein Visier schien sich ganz von selbst an diesem Fleck festzusaugen. Ich traf zwar nicht auf den Punkt, aber nun saßen alle meine Pfeile im Kanister, der jeden Treffer mit dumpfem „Plopp“ registrierte.

Mich wunderte nicht so sehr die schlagartige Verbesserung, sondern vielmehr die Sicherheit, mit der Erhard meinen Fehler erkannt hatte. Das Ziel war einfach zu groß gewesen – ich hatte nachlässig gezielt, anstatt genau die Mitte zu halten. Er brauchte es mir nicht zu erklären.

18

Wir sprachen trotzdem am Abend darüber. Erhards Traum war es, mit Pfeil und Bogen zu jagen, aber in Europa ist die Jagd mit Pfeil und Bogen verboten. Ich glaubte ihm, dass er nie auf etwas anderes als ein Kaninchen geschossen hatte.
Zu dieser Zeit waren sie eine echte Landplage; es sollten etwa vierzigtausend auf der Insel sein. Überall in den Hängen legten sie ihre Baue an und brachten sogar die Deiche in Gefahr. Es gab keine Schonzeit. Wir hörten oft von den Hügeln den Doppelknall aus dem Drilling des Försters, den Erhard einen sehr guten Schützen nannte. Er schoss tatsächlich meist Dubletten und ließ sich die Beute von Jungen aus dem Dorf in Plastiksäcken nach Haus tragen.
Angeblich mochte kein Mensch im Dorf mehr Kaninchenfleisch auch nur riechen. Natürlich konnte das keine ernsthafte Abhilfe schaffen. Aber bereits im nächsten Jahr hatten ein strenger Winter und eine möglicherweise durch Inzucht begünstigte Krankheit den Kaninchenbestand wieder normalisiert. Deswegen machte sich Erhard auch kaum Gedanken.
Er war vielmehr der Meinung, dass Jagd mit Pfeil und Bogen viel fairer war, als Pulver und Blei. Vor allem lehnte er das Schießen mit Schrot ab. „Was glaubst Du wohl, wie viel Wild verludert, weil es ein Schrotkorn erwischt hat. Nachsuchen kann man auch nicht mit einem Hund, weil es keine Schweißfährte gibt. Das kann mit einem Pfeil nie passieren. Wenn ein Kaninchen wirklich nicht gleich auf der Strecke bleibt, dann kommt es mit dem Pfeil vielleicht zwanzig Schritte weit. Aber das meine ich nicht. Du weißt, was unsere Bögen auf hundert Schritt noch leisten können. Ich finde es einfach fairer dem Wild gegenüber, wenn man sich auf eine sichere Schussentfernung anpirschen muss, anstatt mit einem Ziel-

fernrohr vom Hochsitz aus loszuballern. Ich weiß zwar nicht, ob es stimmt, aber ich habe zumindest gelesen, dass auch ein Pfeil, der gut getroffen hat, besser tötet als eine Kugel. Es hat wohl mit dem Schock zu tun, den ein Kugeleinschlag verursacht."

Er sah einem Paar Stockenten nach, das mit schnellen Flügelschlägen dicht hintereinander über die Kiefernkronen in Richtung zum Bodden strich. Als sie sich hinter dem Walde herabließen, sprach er weiter.

„Wusstest Du eigentlich, dass Feuersteinspitzen an Pfeilen schärfer sind als Stahlklingen und bei gleichem Gewicht und gleicher Geschwindigkeit des Pfeils tiefer in den Körper eines Tieres eindringen, als solche mit Jagdspitzen aus Stahl?"

Ich schüttelte den Kopf.

„Der amerikanische Wissenschaftler Dr. Saxton Pope hat schon 1926 darüber geschrieben, und fünfzig Jahre später hat ein französischer Archäologe die gleiche Feststellung gemacht. Ich könnte mir vorstellen, dass der Effekt durch die Reihung der Vielzahl kleiner Scharten bewirkt wird, die beim Abdrükken der Klinge entstehen. Dadurch ist die Wirkung wahrscheinlich so, wie bei den Messern mit Wellenschliff."

„Dann müssten doch Pfeilspitzen aus Stahl mit Wellenschliff eine bessere Wirkung haben als gerade Klingen – oder meinst Du nicht?" „Ich habe auch schon daran gedacht. Aber lieber würde ich mir mal eine Pfeilspitze aus Feuerstein machen. Nicht um damit zu schießen. Mehr aus Neugier. Und als Verneigung vor unseren Vorfahren

Man war nie sicher, wie ernst er so eine Bemerkung meinte. Er steckte voller Kenntnisse um die Geschichte des Bogenschießens und erzählte mir oft lange und detaillierte Geschichten über die Herstellung indianischer und persischer Bögen. Ihn faszinierte vor allem die Bauart der vorderasiatischen Recurvebögen, deren Herstellungsprozess sich auf mehrere

Jahre erstreckte und deren Prinzip er in den modernen Bögen wiederzuerkennen glaubte.
Nach der Skizze, die er mir auf die Rückseite eines Briefumschlages zeichnete, waren es im Wesentlichen drei Schichten, die mit tierischen Leimen zusammengefügt wurden. Der Bogenrücken – also die Seite des Bogens, die beim Spannen gestreckt wurde, bestand aus parallelen Lagen von Tiersehnen, die mit Leim auf der Kernschicht – einem flachen Streifen aus Ahorn- oder Birkenholz aufgeklebt wurden. Die dem Schützen zugekehrte innere Seite der Bogenarme bestand aus dünnen Hornstreifen. Zum Schutz gegen Feuchtigkeit war die Schicht mit den Sehnenlagen durch eine aufgeklebte dünne Lage von Birkenrinde geschützt. Die Perser bezogen ihre Bögen oft auch ganz mit Leder und verstanden es sogar, völlig wasserunempfindliche Bögen zu bauen.

Nach seiner Meinung entsprach das Glasfaserlaminat der modernen Bögen in der Wirkungsweise genau der Schicht der aufgeleimten Tiersehnenstränge auf dem Rücken der Bogenarme. Während die persischen Bögen jedoch erst etwa ein Jahr lang in entgegengesetzter Richtung gespannt gelagert wurden, ließen die modernen Werkstoffe es zu, unmittelbar nach dem Abbinden der Kleber den Bogen bis zum maximalen Auszug zu belasten.
Am meisten wunderte ihn, dass die Technik des Belegens mit Tiersehnen vom vorderen Orient bis nach Nordamerika gewandert war, wo Dr. Pope bei einem kalifornischen Indianer die für ausgestorben gehaltene Kunst selbst beobachten konnte.

19

Es war auf dem Rückweg von der Kiesgrube, als wir das „Kerzenputzen“ erfanden. Mir war noch immer nicht die Wirksamkeit des Zielpunktes auf dem Plastikkanister aus dem Kopf gegangen. Erhard lachte, als ich es ihm sagte.
„Alle ins Gold“, sagte er spöttisch, „hast Du schon mal über diesen Wahlspruch der Bogenschützen nachgedacht? Das heißt doch, man wünscht sich nur Treffer in der Scheibenmitte. Wenn Du es genau nimmst, sind alle Treffer auf der Scheibe, die die Zehn verfehlen, Fehlschüsse. Du willst doch eigentlich immer die Mitte treffen. Schön – reden wir nicht über Weitschüsse – aber auf dreißig Meter müsstest Du doch nur Zehner schießen – oder?“
„Könntest Du es denn?“
Er ließ die Bogensehne zwischen Daumen und Zeigefinger schnippen, wie ein Cellospieler beim Flageolett und lauschte dem Summen mit schief gehaltenem Kopf.
„Vielleicht,“ sagte er dann, „es wäre schon möglich.“
Ich hatte meine Zweifel, aber es schien mir besser, sie für mich zu behalten. Es stimmte schon – wir schossen seit Tagen nur die fünfzig Meter und ich wusste nicht, wie er die kurzen Entfernungen beherrschte.
Wir standen auf halber Höhe eines flachen Hanges, an dessen Südseite die Sonne das kurze Gras zu fahlen struppigen Büscheln verbrannt hatte.
In unregelmäßigen Gruppen standen die oft meterhohen Stauden der Königskerzen mit ihren gelben Blüten und schüttelten sich unter den Stößen des böigen Windes. Ihre filzig behaarten graugrünen Blätter bildeten im unteren Drittel ein kegelförmiges Dach, das bis auf den Boden reichte und den Stiel der Pflanzen verdeckte.

Erhard legte einen Pfeil ein, visierte eine freistehende Staude an und ließ den Pfeil fliegen. Ein Regen welker Blüten wehte im Wind davon, als der Pfeil eine Handbreit über dem Boden sein Ziel traf. Der Stiel war so hart, dass der Pfeil die holzige Staude zur Hälfte durchbohrt hatte.
„Gutes Training für Jagd- und Feldschießen," meinte Erhard, als er den Pfeil zum zweiten Male einnockte. Sicher war es auch das. Aber vor allem war es ein reizvolles Spiel, und als nach meinem ersten Treffer die nächste Königskerze ihre Blütenblätter in den Wind streute, fiel uns der Name dafür ein – das „Kerzenputzen".
Kreuz und quer über die Hänge laufend zogen wir langsam zum Waldrand hinüber und ließen unsere Pfeile fliegen, hangaufwärts und –abwärts. Gegenseitig riefen wir uns die geschätzten Entfernungen zu und verglichen Schätzung und tatsächliche Weite. Wenn der Pfeil nur durch die Blätter flog, bewegte sich die Pflanze kaum. Trafen wir aber die Staude tief genug, dann stoben die welken Blüten ins Gras.

Als wir nach Hause kamen, war aus irgendeinem Grunde das Wasser abgestellt worden. Wir hatten Durst und Erhard hatte nur Rotwein im Hause. Wir setzten uns auf den Hof in den Schatten des Schuppens und tranken aus Zinnbechern den schweren Wein.
Es war ein Fehler, den Wein gegen den Durst zu trinken, aber das wusste ich erst am nächsten Morgen. Die erste Flasche rollte leer ins Gras und Erhard holte die zweite und wir blieben im Hof sitzen und tranken weiter.

Als ich die Treppe hinaufstolperte, um Schlafen zu gehen, fand ich den Tag noch ungeheuer amüsant. Aber am anderen Morgen dröhnte mir der Schädel und mein Rücken war von Mücken zerstochen, weil ich vergessen hatte, das Fenster zu schließen, bevor ich ins Bett ging.

Von Erhard war nichts zu sehen, als ich vorsichtig und langsam die Treppe hinunter und auf den Hof ging. Ich drehte den Wasserhahn auf und hörte erleichtert das Rauschen in der Leitung. Der Gartenschlauch streckte sich im Gras und dann sprühte der glitzernde Tropfenkegel aus der Tülle der alten Gießkanne, die wir als Dusche an den Wäschepfahl gebunden hatten. Ich blieb unter dem prasselnden Guss stehen, bis der Boden unter meinen Füßen aufzuweichen begann und meine Kopfhaut zu vereisen schien.

Durch das offene Fenster der Werkstatt kam das an- und abschwellende Kreischen der kleinen Bandsäge.
Ein Tuch vor Mund und Nase gebunden stand Erhard vor der Werkbank und schnitt einen Bogengriff zu.
Seine Schultern waren von rotem Holzstaub bedeckt, durch den der Schweiß dunkle Bahnen gezogen hatte. Die Luft in der Werkstatt war stickig und heiß. Beizender Holzrauch stach mir in Nase und Augen. Es war mir unbegreiflich, wie Erhard nach der gestrigen Sauferei Lust zu arbeiten haben konnte. Aber als ich neben ihn trat – er hatte mich nicht kommen hören – nickte er mir zu und seine Augen in dem rotverschmierten Gesicht lachten. Sorgfältig und langsam schob er die Mahagonibohlen gegen das blitzende Sägeblatt. Aus der Schnittfuge stob puderfeines Holzmehl. Eine bläuliche Wolke Rauch stieg kräuselnd auf und zog träge durch das Fenster davon. Endlich polterte der abgeschnittene Klotz auf den Boden und Erhard stellte den Motor ab. Langsam lief die Säge aus und in die Stille mischten sich wieder die Geräusche von draußen, das Zirpen der Grillen und die Schreie der Rauchschwalben, die in weiten Schwüngen um den Giebel des Hauses jagten.

Am Abend, als ein leichter Seewind aufkam, der in den Zweigen der Birke fächelte, saßen wir wieder auf der Terrasse, dies-

mal ohne Rotwein. Im offenen Fenster stand Erhards Kassettenrecorder und spielte ein Band von den DIRE STRAITS, wieder und wieder.
„Water of love, - sang ein Mann, der gar keine Stimme hatte. Aber das richtige feeling hatte er, und es klang ehrlich und ein bisschen traurig – „deep in the ground." Das Schlagzeug wirbelte zu den verflatternden Glissandi der Leadgitarre einen sauberen Beguine-Rhythmus und es war eine Musik zum Träumen.

„Du erinnerst Dich an das Kaninchen, drüben am Waldrand?", fragte Erhard, nachdem wir eine Weile schweigend dem Rauch unserer Zigaretten nachgesehen hatten.
Er wartete meine Antwort nicht ab. „Ich meine den Weitschuss, am Hang auf der anderen Seite."
Natürlich erinnerte ich mich, weniger an die Einzelheiten allerdings, als an das betroffene Gesicht, mit dem er mich ansah, als der Schrei des getroffenen Kaninchens in den stillen Morgen gellte.
„Es war ein fantastischer Schuss," sagte ich, und das meinte ich auch.
Er schüttelte den Kopf.
„Fantastisch nicht," sagte er, „jedenfalls nicht im Sinne einer fantastischen Leistung. Ich habe keinen Moment lang erwartet, dass ich es treffen würde."
Er zögerte eine Weile.
„Ich habe lange darüber nachgedacht, was eigentlich passiert ist. Es ist richtig, ich habe in Richtung auf das Kaninchen gezielt, hatte aber nicht geglaubt, es zu treffen. Ich konnte es ja eigentlich gar nicht treffen. Und weißt Du noch, was dann passierte?" Er beugte sich vor und sah mich eindringlich an.
„Das Kaninchen hat sich bewegt," sagte ich, und in dem Moment entsann ich mich des hüpfenden Schattens neben dem dunklen Loch des Baus auf dem sonnenbeschienenen Hang.

„Genau," sagte er, „es hat sich bewegt. In dem Moment, als ich den Pfeil fliegen ließ, ist es fast einen Meter nach links gehüpft. Erzähl mir jetzt nichts von Zufall. Da ist irgendetwas passiert, was ich mir nicht erklären kann und ich weigere mich ganz einfach, es mit einem Wort abzutun, nur weil ich es noch nicht begreifen kann."

Er war merkwürdig erregt.
„Verstehst Du, dass nicht der Pfeil das Kaninchen, sondern eigentlich das Kaninchen den Pfeil getroffen hat? Und dass ich es eigentlich doch treffen wollte und es mir unmöglich schien? Wahrscheinlich war ich nur deshalb so ruhig bei diesem Schuss, weil es gar keine Möglichkeit gab, zu treffen. Wenn ich aber gar nicht den Vorsatz hatte zu treffen – was hat denn dann das Kaninchen an den Punkt gebracht, an dem es vom Pfeil getroffen wurde?"

Ich wusste keine Antwort. Natürlich wollte ich es Zufall nennen – was sonst? Aber mit einer Definition allein war ihm anscheinend nicht zu helfen. So zuckte ich die Achseln:
„Ich weiß es wirklich nicht."
Es gab eine lange Pause. Dann sagte er: „Weißt Du, was ich glaube?"
Und nach einer ganzen Weile: „Dass man einen Punkt erreichen kann, wo man alles trifft, soweit der Bogen den Pfeil trägt. Vielleicht sogar Ziele, die man gar nicht sieht."
Er starrte mit abwesendem Blick in die im Nachtwind schwankenden Zweige der Birke.

„Ich glaube, Du spinnst," sagte ich dann. Und das war, zumindest an diesem Abend, meine ehrliche Überzeugung.

20

Als ich ohne hinzusehen mit der Hand über die Tischplatte fuhr, um nach der Zigarettenschachtel zu greifen, fiel klappernd der Pfeil zu Boden.
Ich schrak auf und horchte, aber alles blieb still. Ein beschädigter oder verbogener Pfeil war für mich nicht schlechthin eine wertlose Sache. Selbst hoffnungslos geknickte Schäfte versuchte ich immer wieder zu richten, auch wenn ich nicht mehr damit schoss. Ich wollte diesen Pfeil nicht mehr sehen; doch bevor ich ihn aufhob, um ihn wieder auf seinen Platz über der Tür in der Werkstatt zurückzulegen, zögerte ich.

Der Pfeil wies mit der Spitze auf ein Fach im Wandregal. Als ich den Vorhang zurückzog, war es das Fach, in dem die Papprollen mit den Zeichnungen lagen. Nein, der Pfeil hatte nichts zu bedeuten, und wenn ich überhaupt noch etwas herausfinden wollte, würde ich wohl mehr meinen Kopf anstrengen müssen, anstatt auf glückliche Zufälle zu warten.

Dennoch – alles, was hier geschehen sein mochte, hing in meiner Vorstellung mit Pfeil und Bogen zusammen. Oder vielmehr damit, was sie für Erhard bedeuteten. Dass es ihm nicht in erster Linie darauf ankam, „Löcher in eine Pappscheibe zu schießen", wie er einmal sagte, soviel hatte ich schon im ersten Jahr begriffen. Aber auch ich hatte einen ungewöhnlichen Reiz daran gefunden, über die hitzeflimmernden Hügel zu ziehen und beim Kerzenputzen die gelben Blüten der Königskerzen aufstieben zu lassen.

Es war bald nach diesem Tag, als wir an einem Morgen auf dem Scheibenstand feststellten, dass wir keine Lust mehr hat-

ten. Ganz einfach keine Lust mehr, die immer gleichen Bewegungen von Spannen, Zielen und Ablassen auf die immer unbeweglich am gleichen Platz stehende Scheibe zu üben.
Daran änderte auch die Tatsache nichts mehr, dass anstelle der großen Wettkampfscheibe mit den bunten Ringen nur noch kleine Farbflecken auf dem Pfeilfang steckten.
Als ich es Erhard sagte, nickte er nur. Es ging ihm genauso. Er legte beide Hände um die Bogenspitze und stützte das Kinn darauf.
„Man müsste mal auf bewegliche Ziele schießen," meinte er nachdenklich und sah mit halbgeschlossenen Augen zur Scheibe hinüber. Zwei Radfahrer rollten lautlos den Weg in die Senke hinunter, stemmten sich dann schaukelnd in die Pedale, kamen langsamer werdend den Hügel hinauf und fuhren vorgebeugt den Hang auf der anderen Seite wieder hinunter. Erhard sah ihnen nach.
„Ich glaube ich habe eine Idee," sagte er dann, entspannte den Bogen und ging in die Werkstatt. Bald darauf hörte ich die Bandsäge anlaufen. Als ich ihm nachging, war er dabei, eine zerschossene alte Scheibe in vier Quadrate zu zerschneiden. Mit einer Schnur und einem Bleistift zog er Kreise auf den dicken, aus kreuzweisen Wellpapplagen verleimten Platten, die er wieder sauber mit der Bandsäge ausschnitt, bis er schließlich vier gleichgroße runde Scheiben aufeinanderstapelte.
Eine Blechbüchse als Schablone verwendend, zeichnete er abermals in die Mitte der Scheiben einen Kreis und strich den tellergroßen Fleck mit signalroter Plakatfarbe an. Das alles hatte kaum länger als eine halbe Stunde gedauert.
Nach weiteren zehn Minuten waren wir bereits unterwegs zum Waldrand, die Bögen in der Hand und jeder mit zwei Scheiben unter dem Arm. Im Köcher klapperten ein Dutzend Holzpfeile.
Wir gingen hinüber zu dem flachen Hang in der Nähe der Kiesgrube, wo das Gras auf dem dürren Boden nur kurz und

bei gleichmäßigem Gefälle des Geländes der Boden ziemlich eben war. Ich blieb mit den Scheiben auf der flachen Kuppe des Hanges stehen und Erhard ging etwa fünfzig Schritt hinunter bis zur Böschung des Fahrweges. Als ich die erste Scheibe rollen ließ, kam sie nur träge in Fahrt. Eine Distelstaude, die in ihrer Bahn lag, brachte sie ins Taumeln, gleich danach fiel sie ins Gras.

Der zweiten gab ich gleich etwas Schwung. Sie rollte, schneller werdend, den Berg hinunter, sprang dann in zunehmend größeren Sprüngen weiter und schließlich mit einem hohen Satz über die Böschung, überschlug sich und blieb neben dem Weg liegen.

Erhard nickte mir zu und reckte den Daumen der rechten Hand hoch. „Okay," schrie er zu mir hinauf.

Die dritte und vierte Scheibe rollten den Berg hinunter, Erhard beobachtete sorgfältig ihren Lauf. Auch die beiden letzten Scheiben landeten kurz hinter dem Weg in einem niedrigen Gebüsch. Erhard brachte die Scheiben hoch und ging dann oberhalb des Weges in Schussposition. Als er den Pfeil genockt hatte, sah er zu mir herauf.

Ich ließ die erste Scheibe rollen. Erhard hatte den Bogen bereits gespannt, als sie den Boden berührte. Als sie etwa auf zwanzig Meter Entfernung bei ihm auftauchte, schwang sein Bogen ein wenig mit. Ich sah den Pfeil fliegen; er fuhr hinter der Scheibe in den Sand, der in einer kleinen Wolke aufstäubte. Ich konnte von meinem Standort nicht sehen, wie weit er verfehlt hatte. Er achtete nicht auf die Scheibe, die wie die anderen zuvor den Weg übersprang, umkippte und im Gebüsch liegenblieb.

Ich brachte die nächste in Fahrt. Sie rollte wie die erste; der rote Fleck im Mittelpunkt glitt in schneller werdender Fahrt den Hang hinunter. Wieder kam der Bogen mit, gleichmäßiger, wie mir schien, in gleitender Bewegung. Diesmal klatschte der Pfeil in die Scheibe. Sie schleuderte und fiel taumelnd ins

Gras. Der Pfeil mit den weißen Federn steckte im Rand und wies wippend in den blauen Sommerhimmel.
Diesmal hob ich den Daumen hoch, bevor die nächste Scheibe abging. Fehlschuss. Unbewegt nockte Erhard den nächsten Pfeil.
Beim nächsten Schuss saß der Pfeil fast im Zentrum der Scheibe.
Sie markierte den Treffer mit einem trockenen Schlag, rollte aber fast unvermindert weiter. Wirbelnd drehten sich die Pfeilfedern am Schaft wie an der Achse eines Rades, bis die Fahrt in den dichten Zweigen des Busches endete.
Als Erhard die Scheiben zurückbrachte, hockten wir uns ins Gras. „Es ist gar nicht so schwer, wie ich dachte," sagte er. „Am besten, Du stehst ganz normal und bewegst Dich nur in den Hüften. Wenn die Scheibe in die Höhe dieses Ginsterbusches kommt, gehst Du mit dem Bogen in gleicher Geschwindigkeit mit. Halte an die Vorderkante, und wenn sie direkt vor Dir ist, lass fliegen."
Ich nickte und ging den Hang hinunter, bis zu der Stelle, an der Erhard gestanden hatte. Dann ließ er die Scheibe ab. Ich verpasste sie; als ich den Pfeil löste, jagte er zischend dahinter in den Sand und überschlug sich. Den nächsten ließ ich zu früh fliegen und er glitt über den harten Boden bis fast in den Ginsterbusch. Aber der dritte Pfeil saß dicht neben dem roten Fleck inmitten der Scheibe und wirbelte schaukelnd bergab.

Seit langem hatte ich am Bogenschießen nicht mehr soviel Freude gehabt, wie an diesem Tag. Abwechselnd schossen wir und ließen die Scheiben rollen, bis schließlich eine die Büsche verfehlte und weit über den Weg hinunter ins Tal fuhr. Als wir schließlich Schluss machten, waren wir beide müde. Aber wieder hatten wir etwas Neues entdeckt und ich dachte ungern an die in Reih und Glied ausgerichteten Turnierscheiben auf dem Rasen des Fußballfeldes, die mich in Berlin

erwarteten.
Wir hatten jeder vier Pfeile verloren, die beim Umkippen der Scheiben oder beim Aufprall in den Zweigen der Büsche zerbrochen waren. Aber es waren nur Holzpfeile und den Verlust war uns das Vergnügen wert.

Ich fand es erstaunlich, wie schnell wir uns auf die rollenden Scheiben eingeschossen hatten, aber Erhard war anderer Meinung.
Seiner Meinung nach war das Zielen auf Punkte, die sich in gleicher Entfernung und mit gleicher Geschwindigkeit bewegten, nicht viel schwieriger, als auf ein feststehendes Ziel.
Und dann erzählte er mir eine merkwürdige Geschichte. Er hatte einmal im Fernsehen einen Mann gesehen, der regelmäßig Spielautomaten ausräumte. Er tat das ganz legal. Es waren Spielautomaten, bei denen rotierende Zahlenscheiben durch Ziehen eines Hebels gestoppt werden mussten, um bei einer bestimmten Zahl eine Menge klingender Münzen auszuspucken. Die Zahlen wirbelten so schnell, dass man normalerweise überhaupt nichts erkennen konnte. Aber dieser Mann war Dreher und seine Augen waren geübt, geringste Unregelmäßigkeiten an seinen rotierenden Werkstücken zu erkennen. Er hatte systematisch trainiert, das Auflösungsvermögen seiner Augen zu erhöhen. Das normale Auge nimmt etwa sechzehn Bilder in der Sekunde getrennt wahr – die Tonfilme haben vierundzwanzig Einzelbilder, um das laufende Filmbild zu erzeugen. Kurz und gut – dieser Mann sah „schneller" als andere – oder vielmehr, er war in der Lage, von der Zahl der Bilder, die sein Auge empfing, wesentlich mehr aufzunehmen. Das hatte Erhard also zu denken gegeben.

Er hatte begonnen, den Flug seiner Pfeile mit dem Auge zu verfolgen. Ich wusste von Stefan, dass das unter Bogenschützen allgemein abgelehnt wurde, da es als wichtiger galt, den

Bogen nach dem Abschuss solange unbewegt zu halten, bis der Pfeil in die Scheibe einschlug. Das also machte Erhard anders. Auch sein voll durchsichtiges Visier erhielt auf einmal eine andere Bedeutung – im Gegensatz zum üblichen Tunnelkorn – einem kleinen Metallröhrchen, in dessen Mitte ein Zielstachel – das Korn – montiert war, verdeckte das Acrylscheibchen mit dem winzigen Zielpunkt nichts von der Scheibe. So konnte er den Flug des Pfeiles ungehindert verfolgen.

Soweit war mir das alles klar. Aber dann erzählte er mir, dass er nicht nur den Pfeil mit dem Auge verfolge, sondern mit zunehmender Übung der Flug selbst ihm immer langsamer – gleichsam in Zeitlupentempo – erschiene. Diese Erscheinung hatte auf ihn offensichtlich einen günstigen Effekt. Wenn ich ihn richtig verstand, bewirkte die scheinbare Verlangsamung so etwas wie einen Spannungsabbau, und das war eigentlich schon für sich genommen ein interessanter psychologischer Effekt. Aber so richtig ging mir die Bedeutung dieses Phänomens erst auf, als er mir erklärte, dass er auch die rollenden Scheiben im Moment des Ablassens wie stillstehend wahrnehme.
„Weißt Du, was das bedeutet?“, fragte ich ihn, fasziniert von einem plötzlichen Gedanken.
„Na, was denn?“, wollte er wissen. „Wenn es wirklich stimmt, müsstest Du Vögel im Flug treffen können!“, sagte ich.
„Du wirst lachen,“ – er hielt den Kopf schief und sah mit zugekniffenen Augen über den Horizont, „daran denke ich schon die ganze Zeit.“

Unter all den Merkwürdigkeiten, die mir bei Erhards Art des Umgangs mit Pfeil und Bogen noch begegnen sollten, war das eine der geringsten. Und sie hatte für mich auch einen beruhigend rationalen Kern.

Dass man sein Wahrnehmungsvermögen teilweise erhöhen und gleichsam trainieren könnte, erschien mir völlig normal. Voraussetzung für ungewöhnliche Leistungen blieben immer eine perfekte Technik und die erreichte man nur durch ausreichendes Training.
Aber hier schien mir zum ersten Male etwas über das normale Training hinauszugehen.

21

Die Zigarette schmeckte nach Papier. In der Blechbüchse am Fenster drückte ich sie aus und sah dabei vorsichtig durch die staubigen Scheiben nach draußen.

In der Sonntagsstille war nur das läutende Rufen der Meisen zu hören, die wie gelbbunte Federbälle durch die Zweige der Birke flatterten. Zu gern wäre ich nach draußen gegangen, um mir frischen Wind um die Nase wehen zu lassen.
Von weit her glaubte ich das Rauschen der See zu hören.

Den Pfeil in der Hand ging ich die Treppe hinunter und legte ihn auf die Türfüllung in der Werkstatt zurück. Ich hatte Hunger bekommen, aber mir war nicht nach Tee. Ich ging in den Keller, um in Erhards Regal nach etwas Trinkbarem zu suchen. Die Scherben der Flasche, die mir beim Einsteigen heruntergefallen war, schob ich mit dem Fuß in eine Ecke. In einem Pappkarton, der vor Nässe aufgeweicht war, fand ich zwei Flaschen Rotwein, von denen ich eine mit nach oben in die Küche nahm. Die Zinnbecher standen an ihrem alten Platz im Küchenschrank.
Als ich mit Brot, Käse und Wein in Erhards Zimmer saß, das leise Brummen des Heizlüfters im Ohr, fühlte ich mich beinahe wohl. Ich drehte den Sessel herum, damit ich die toten Pflanzen nicht sehen musste. Nachdem ich satt war, blieb ich mit dem Weinbecher noch eine Weile sitzen und sah mich um.
Soweit ich sehen konnte, waren keine neuen Bücher in Erhards Regal dazugekommen. Ein schmales rotes Bändchen, das quer auf den Reihen lag, erwies sich als eine Gedichtsammlung von Enzensberger. Ich blätterte darin herum und dann fiel mir der Schnellhefter im Dachzimmer wieder ein. Ich trug Brot und Käse in die Küche und hielt oben nach kurzem Suchen die Mappe in der Hand. Wieder unten angekommen, goss ich Wein nach und zündete mir eine Zigarette an.

Dann schlug ich die Mappe auf.

Über der ersten Seite stand „Erklärung“.
Ich las.

Erklärung

Gelegentlich
grabe ich unter dem Schutt
meiner mürbe gewordenen Logik
nach alten Wörtern –
als da sind,
beispielsweise
Muße
oder auch Anmut,
Würde
vielleicht sogar
Wohlklang
Vorsichtig hebe ich sie
aus dem Dunkel
meiner Erinnerung,
biege sie gerade
und blase Staub
aus den Vokalen,
bis sie wieder
zu klingen beginnen.
So gut es geht,
reime ich dann
mehr oder weniger
harmlose Verse
aus ihnen zusammen.
Für den Fall,
dass ich blicklos
in Deine Richtung starre –
störe mich nicht:
Ich grabe
nach alten Wörtern.

Das sollte Erhard geschrieben haben?
Aber wer schrieb schon Gedichte aus Büchern ab. Vielleicht hatte sie jemand anders für ihn geschrieben – die Form war

jedenfalls sehr persönlich. Ich hätte nicht sagen können, ob es mir gefiel. Aber immerhin war der Titel tatsächlich so etwas wie eine Erklärung für einen Zustand, den der Schreiber anscheinend als nicht alltäglich empfunden hatte. Außerdem klang es tatsächlich wie ein einleitendes Vorwort.
Ich wurde neugierig auf die „mehr oder weniger harmlosen Verse“ – waren es überhaupt Verse? – und blätterte weiter.

Einige Seiten weiter blieb mein Auge an einer Überschrift hängen. Oben stand auf dem Blatt

Hans im Glück

Misstrauisch
verfolge ich den Verlauf
jener Grenze,
wo die Geduld der Erwartung
umschlägt
in die Ungeduld nach Erfüllung.

Übergangslos
mischt sich
einem Gefühl der Wärme,
die mich durchströmt,
wenn ich Dich sehe,
ein anderes bei –
die Kälte des Zweifels,
gleiches Gefühl zu wecken.

Möglich,
dass ich vergaß:
In der Dialektik der Emotionen
wird der Gewinn der Hoffnung
bezahlt
mit dem Verlust
der Gelassenheit.

Nun, für diese Zeilen hatte er anscheinend keine alten Wörter gebraucht. „Dialektik der Emotionen“ – was sollte eine so überdrehte Ausdrucksweise?

Ich las die Zeilen noch einmal und dann merkte ich die Selbstironie und glaubte zu verstehen, dass hier eher das Gegenteil stattgefunden hatte. Hans im Glück hatte nach einer Erklärung für den Mühlstein gesucht, der plötzlich auf seinem Rükken lag. Nun war ich sicher, dass Erhard alles geschrieben hatte.
Es war vor allem das letzte Wort – Gelassenheit. Er hatte es manchmal gebraucht, im Zusammenhang mit dem Bogenschießen. Gelassenheit hatte viel für ihn bedeutet; sie war für ihn Voraussetzung für alles Gelingen. Irgend jemand musste ihm begegnet sein, der dieses Gefühl erschüttert hatte.
Wer mochte das gewesen sein?
Hatte ich hier den Schlüssel für sein Verschwinden? Seite um Seite blätterte ich weiter. Wenn diese Verse das Resümee einer Liebesepisode waren, dann mussten die letzten Zeilen Aufschluss geben über den Ausgang.
Über dem Blatt stand dann auch

Letzte Logbucheintragung

Nach dem Schiffbruch,
den Ort der Strandung erkundend,
wurde die Lage
folgendermaßen eingeschätzt:
Überleben möglich,
doch Verhältnisse
ohne fremde Hilfe
maximal
als erträglich zu bezeichnen.

Notrufe abgesetzt,
Empfang
als gesichert anzunehmen.
Seitdem
vergeblich auf Antwort gewartet.

Vermutung,
dass Informationen
über kritische Lage
als Scherz aufgefasst wurden.

Na bitte – da hatte ich die lyrische Dokumentation einer unglücklichen Liebesgeschichte von Anfang bis Ende. Wenn ich wüsste, an wen diese Verse gerichtet waren, würde sich vielleicht alles aufklären. Vielleicht.

Das Bild von Schiffbruch und Strandung assoziierte bei mir sofort das Bild der Insel. Nur dass sich mir dabei niemals die Vorstellung von Isolation eingestellt hatte. Und außerdem – hatte Erhard nicht ausdrücklich und ganz nach seinem Willen hierher gewollt?
Aber wahrscheinlich waren es zwei gänzlich verschiedene Dinge, drei Wochen lang im Sommer hier zu sein oder aber das ganze Jahr hindurch hier zu leben. Ich konnte mir vorstellen, dass der November im Haus auf dem Hügel allein schwer zu ertragen war.

Die Knappheit der im Telegrammstil geschriebenen Zeilen hatte etwas von einem gewaltsamen Ansich-Halten. Und noch etwas fiel mir auf: Die beiden anderen Gedichte – wenn es welche waren – enthielten beide persönliche Anreden; das letzte nicht mehr. Es war eine lakonische Feststellung, und sie klang bitter. In dieser Mappe hier war eine Geschichte zum Abschluss gebracht worden.

Aber war sie wirklich zu Ende gewesen?
Erhard hatte einmal gesagt, dass die Insel alle Menschen verändere. Nun hatte ich zwar keine rechte Vorstellung davon, in welcher Zeit eine solche Veränderung seiner Meinung nach eintrat, aber auch ich fand die Beziehung zu meiner gewohnten Umwelt in Berlin merkwürdig verändert, wenn ich aus dem Urlaub nach Hause kam.
Vielleicht war es die unmittelbare Nähe der Natur, die unbewusste Empfindung, dass alle Dinge näher an mich herankamen. Der Himmel war weiter, da war ein Horizont, der nicht von Häusern verstellt wurde, da waren Klarheit und Reinheit von Luft und Wasser und Stille und Abgeschiedenheit, wenn ich wollte. Zweifellos hatte ich nur die Sonnenseite der Insel gesehen. Es war nicht das ganze Bild, das ich kannte, sondern nur ein winziger Teil davon.

Sicher schien mir nur, dass die Dinge auf der Insel ihre eigene Bedeutung hatten. Alles, was ich hier sah und fühlte, was ich tat und erlebte, war anders, war intensiver, eindringlicher, nachhaltiger. Es gibt da dieses Bild vom Unter-die-Haut-gehen, und das war es, was ich meinte. Es war die Erfahrung, bewusst zu leben, die mich immer wieder hierher gezogen hatte. Vielleicht waren die Dinge, die ich hier erlebte, gar nicht so ungewöhnlich, aber manchmal schien mir die Grenze von Traum und Wirklichkeit schwer zu trennen.

Manchmal schien es, als ob Tag für Tag ein Stück Kruste von mir abfiele; als ob meine Haut dünner würde, meine Ohren mehr hörten, meine Augen weiter sahen und ich selbst den Geruch von Dingen spüren könne, die ich vorher nie bemerkt hatte.
Als ich einmal zu Erhard darüber sprach, nickte er nachdenklich. „Sieh‘ Dich vor,“ sagte er dann, „eine dünne Haut macht es nicht leichter, zu leben. Du erfährst zwar mehr von der Welt,

die Dich umgibt, aber Du wirst auch verletzlicher. Man tauscht immer nur ein und es ist besser, darauf vorbereitet zu sein.“

Aber es war mir nicht nach Weisheiten zumute in jenen Tagen, von denen mir so viele Stunden erinnerlich waren in eigentümlicher Klarheit.

22

Der Sommer schien seiner Zeit vorauszueilen in diesem Jahr. Vielleicht war es die Trockenheit, die schon zu Anfang August die Ränder der Lindenblätter braun werden ließ. Aber auch die Abende wurden kühler. Ihnen voraus ging am späten Nachmittag ein ruhiges Leuchten, das die Landschaft mit warmem Bronzeton überzog.
Es war schon in Berlin meine Absicht gewesen, Erhard zur Teilnahme am Fita-Sternturnier in Rostock zu überreden. Er war auf meine wiederholten Ansätze nicht eingegangen und zeigte wenig Interesse. So wartete ich mit Ungeduld auf den verabredeten Brief von Stefan, der eine offizielle Einladung bringen sollte.
Als er endlich eintraf, war Erhards Reaktion zunächst ablehnend. Ich bestritt nicht, die Einladung mit Stefan arrangiert zu haben. Zwei Tage lang sprach er nicht davon. Dann kam er aber selbst darauf zurück.
„Ich habe seit Jahren nicht mehr auf neunzig Meter geschossen – und was noch schwieriger ist: Ich habe keine große Scheibe.“
Das stimmte. Für die Fünfzig- und Dreißig-Meter-Distanz wurden Scheiben mit kleinerem Durchmesser benutzt, als für die Neunzig- und Siebzig-Meter-Entfernung der großen Fitarunde.

„Und wenn wir uns eine bauen?“, fragte ich.
„Na schön,“ sagte er nach einigem Zögern, „wenn Du eine Scheibe beschaffen kannst, will ich es versuchen. Karton und Farben findest Du oben.“
Damit war es für ihn erledigt.
Etwas mehr Interesse hätte ich schon erwartet, aber ich schluckte den Anflug von Ärger hinunter und machte mich an die Arbeit.
Der Zeichenkarton war gelb und brüchig. Fluchend rollte ich den Bogen auf und befestigte den Rand des Blattes mit Reißzwecken auf den Dielen des Dachzimmers. Nachdem ich mit Faden und schwarzem Filzstift die Ringe vorgezeichnet hatte, malte ich die Flächen mit Plakatfarben aus. Das Blatt wellte sich beunruhigend, wurde aber nach dem Trocknen wieder glatt. Beim Lösen der Reißzwecken riss jedoch das Blatt fast bis zur Hälfte ein. Alle Arbeit schien umsonst.
Als Erhard kam und die Bescherung sah, zog er schweigend ein Bettlaken aus dem Regal und trennte die Hälfte ab, die wir mit Latex auf die Rückseite der Scheibe kaschierten. Wir steckten dichte Reihen von Reißzwecken an die Ränder und hielten nun nach dem abermaligen Trocknen eine stabile Scheibe in den Händen.
„Aber wir haben keinen Pfeilfang,“ sagte Erhard plötzlich.
„Und wir haben keine Neunzig-Meter-Strecke!“ ergänzte ich.
Es ging auch ohne Pfeilfang. Ein Lattenrahmen war schnell zusammengenagelt und am Nachmittag zogen wir los, hinunter zur Kiesgrube. Hart vor dem Steilhang bohrten wir die Ständer tief in den losen Sand. Ich maß die Strecke sorgfältig mit einem alten Leinenmessband, das Erhard im Keller gefunden hatte.
Ein Strich im Sand markierte die Schützenlinie.
Erhard hatte seinen Bogen mit dem Mahagonigriff zusammengebaut und schob nun zögernd das Visier herunter bis knapp oberhalb des Punktes, wo der Pfeil auf der Auflage ruhte.

Dann stand er auf und stellte sich über die Schützenlinie. Er sah mit prüfendem Blick den Weg hinunter zur Scheibe, deren bunte Ringe in der Hitze der Mittagssonne zu flimmern schienen. Oben am Rand der Grube bewegte ein leichter Wind die Blätter der riesigen Pappeln. Hier unten aber stand die Luft wie in einem Kessel, trocken und heiß.

Er nockte den Pfeil, hob den Bogen und schoss. Kein Laut folgte dem Einschlag, kein Schatten des Pfeilschaftes zeigte den Treffer an. Ungerührt schoss Erhard den zweiten Pfeil, dann den dritten.

Erst als wir näher herankamen, sah ich die drei Pfeile etwa einen Meter oberhalb der Scheibenkante im Sand des Hanges stecken. Sie lagen recht dicht beieinander – jedenfalls für meine Begriffe. Wir gingen zurück und Erhard schob sichtlich befriedigt sein Visier wieder ein Stück nach oben.

„Der Bogen trägt weiter, als ich dachte," war sein ganzer Kommentar.

Als er diesmal an die Schützenlinie trat, schien er seiner Sache bereits sicher zu sein. Zügig und wie abgemessen zischte die nächste Dreierserie zur Scheibe, die sie lautlos zu schlukken schien.

Es war mir unmöglich, ohne Fernglas einen Treffer auf der Scheibe zu erkennen. Nur eine Bewegung des hinter der Scheibe herabrieselnden Sandes glaubte ich zu bemerken. Wieder gingen wir zusammen nach vorn.

Die Löcher in der Scheibe waren nicht viel größer, als der Durchmesser der Pfeile, aber die Streuung war gering und ich zählte neunzehn Ringe. Gleichmütig strich Erhard mit einem Bleistift die Trefferlöcher an, die alle in der oberen Hälfte der Scheibe lagen.

Noch eine Spur schob Erhard das Visier nach oben, wobei er leise durch die Zähne pfiff. Für ihn war die Sache bereits gelaufen, soviel war mir klar.

Als die nächste Serie glatte zwanzig Ringe brachte, ritzte er

mit der Klinge seines Taschenmessers eine Markierung auf die Visierschiene.
Ich war froh, als er mich nach der Siebzig-Meter-Marke fragte, die ich schon vorher beim Messen mit einem Stein gekennzeichnet hatte. Es wunderte mich auch nicht, dass er beinahe auf Anhieb die richtige Visiereinstellung fand und wieder lagen seine Serien um die zwanzig Ringe herum. Aber ich fand es bereits nach der halben Stunde hier unten unerträglich heiß und war froh, als wir wieder abzogen.
Kein Wettkampf hätte mich veranlassen können, unter solchen Bedingungen zu trainieren. Die Arbeit an der Scheibe hatte länger gedauert als das Schießen; aber mir war es nur zu recht, aus der Sandgrube wieder herauszukommen und endlich an den Strand zu gehen.

Erst nachdem ich mich wieder abgekühlt hatte, begann ich überschlägig zu rechnen und kam zu der Auffassung, dass tausend Ringe „drin" waren, wenn Erhard diese Serienergebnisse halten konnte. Und daran hatte ich keinen Zweifel. Aber zu Erhard, der schon längst wieder auf der Kiesbank hockte und mit tonbeschmierten Händen an einer Plastik modellierte, sagte ich kein Wort davon.

Der Tag des Turniers kam näher. Eines Abends holte Erhard ein Bündel neuer Pfeile mit bronzefarbenen Schäften aus dem Regal und begann, Nocken und Fletchen sorgfältig zu prüfen. Dann packte er eine Reisetasche, schob die Pfeile in eine Papprolle und stellte alles neben die Tür. Die Hände im Nakken gähnte er lange und geräuschvoll.
„Wie fühlst Du Dich?" wollte ich wissen.
Er zuckte die Achseln.
„Wie ich mich fühle ist eine Sache. Der Bogen ist gut, die Pfeile sind gut. Meine Kondition ist in Ordnung. Hoffentlich haben wir Glück mit dem Wind. Für mich ist alles offen.

Aber wenn wir starken Wind haben, kannst Du die neunzig Meter vergessen."

Daran hatte ich nicht gedacht. Es war zwar gleiches Handicap für alle, aber an hohe Ringzahlen war dann nicht zu denken. Ich dachte an Stefan, der auch nicht gern in Rostock zum Turnier antrat, weil der an drei Seiten offene Platz bei Wind schon manchen Schützen um eine gute Platzierung gebracht hatte. Die Favoritenrolle der starken Rostocker Mannschaft erklärte sich zum guten Teil aus der Erfahrung mit dem böigen Wind auf dem eigenen Platz.

„Mann," sagte Erhard, „ich glaube fast, Dir liegt mehr an dem Fita-Stern als mir!"

Vielleicht war es wirklich so. Aber wahrscheinlich war Erhards Haltung für einen Wettkampf eine bessere Einstellung als meine eigene.

Es war noch früh, als wir durchs Dorf hinunter zum Hafen liefen. Die Luft war kühl und roch nach Erde. Schweigend gingen wir nebeneinander her und bestiegen über die schmalen Planke das alte Postboot, dessen Diesel bereits tuckernd warmlief. Flache Dunstschleier lagen auf dem ruhigen Wasser.

Wir drückten uns auf dem Achterdeck hinter das Steuerhaus, schlugen die Jackenkragen auf und warteten auf die Sonne. Sie kam an diesem Morgen nur zögernd auf, und erst als das Boot in dem kleinen Hafen anlegte, begannen ihre Strahlen zu wärmen. Ich hatte angenommen, dass wir mit dem Bus fahren würden, aber im Dorf ging Erhard in das Haus neben der alten Kneipe und kam bald darauf mit einem Schlüssel in der Hand zurück.

Wir gingen zurück in Richtung Hafen, bogen dann ab in Richtung Parkplatz, hielten aber vorher an einer kleinen geteerten Blechgarage. Als der Torflügel zurückschwang fiel das Sonnenlicht auf die staubige Karosserie und die blinde Wind-

schutzscheibe eines weinroten Wartburgs.
Ich hatte meine Zweifel, ob das Ding wohl anspringen würde, aber Erhards Sicherheit steckte mich an. Während er die Batterie anklemmte, prüfte ich den Luftdruck, fand auch eine Luftpumpe und gab noch einige Stöße dazu, bis der Druck ringsum stimmte.
Der Wagen sprang fast sofort an. Erhard ließ ihn aus der Garage rollen und schloss wieder ab. Während er das Schlüsselbund zurückbrachte, wischte ich die staubigen Scheiben sauber, so gut es ging.

Als wir losfuhren, begann es schon wieder warm zu werden. Die Sonne stach durch den blassen Dunst und die Chausseebäume hinter dem Dorf, die die ausgefahrene Landstraße säumten, rührten kein Blatt.
Das blieb auch so bis Stralsund. Wir fuhren durch die Stadt hindurch und Erhard hielt kurz hinter der Ausfahrt auf die Fernverkehrsstraße nach Rostock.
„Willst Du jetzt fahren?“
Wir hatten die kleinen Dörfer auf Rügen hinter uns. Vor mir lag eine Strecke, die ich kannte und vielleicht wollte er vor dem Wettkampf jede Anspannung vermeiden. So nickte ich, rückte auf den Fahrersitz und ließ ihn auf der anderen Seite einsteigen. Ich kam bald mit der ungewohnten Lenkradschaltung klar und nach einer Viertelstunde klappte er den Sitz zurück und war gleich darauf eingeschlafen.
Ich weckte ihn, als wir etwa nach einer Stunde Fahrt die Brücke über die Autobahn hinabrollten und er zeigte mir den Weg durch die Stadt zum Sportplatz.

Im Schatten dichter Pappeln stellte ich den Wagen ab. Noch immer wehte kein Lüftchen und durch das offene Wagenfenster drang der schwere Duft eines Feldes blühender Nelken der benachbarten Gärtnerei herein.

Vom Wagen aus konnte man am Ende des Platzes die Reihe der Scheiben sehen, sechs zählte ich.
Wir gingen zu dem Holzschuppen, unter dessen Vordach schon einige Leute saßen. Ein Holzkohlegrill war aufgebaut und in einer gelben Plastikwanne lagen eine Menge Limonadeflaschen zum Kühlen im Wasser.

Der Wettkampfbeginn war für zwei Uhr nachmittags angesetzt. Jetzt war es kurz nach elf Uhr, aber die ersten Schützen trafen erst gegen ein Uhr auf dem Platz ein. Langsam füllte sich die Rasenfläche hinter der Schützenlinie und kurz nach ein Uhr erschien auch Stefan mit seiner Mannschaft.
Sie traten zu viert an und begrüßten Erhard und mich, als hätten wir gestern zum letzten Male miteinander gesprochen.
Wir blieben beieinander, holten uns eine Bank heran und als die Mannschaft ihre Bögen zusammensetzte und das Gerät zur Schützenlinie trug, lagen und standen zwei Dutzend Bögen in bunter Reihe im Gras. Es nahm niemand Notiz von Erhard und nur Stefan wog Erhards Bogen prüfend in der Hand.
„Du schießt ohne Stabis?“, wollte er wissen. Erhard nickte. „Und ohne Klicker,“ sagte er.
„Na, Du musst es ja wissen,“ meinte Stefan zweifelnd. Er zog die Sehne aus, einmal und noch einmal. „Wie viel Kilo hat er denn?“ wollte er wissen.
„Neunzehn,“ sagte Erhard, „bei 28 Zoll.“ Das war seine Auszugslänge. „Fühlt sich gut an, der Auszug,“ war Stefans Kommentar,“ weich wie Sahne, bis hinten.“
Erhard nickte und nahm den Bogen zurück.
Als die Scheibenverteilung bekannt gegeben wurde, war Erhard 6 C; das heißt, er schoss auf die letzte Scheibe und allein.
Es waren zweiundzwanzig Schützen angetreten, die wechselnd paarweise auf die Scheiben verteilt wurden. Es war ihm

recht, denn dadurch waren die Scheiben fünf und sechs beim Wechsel nur für einen Schützen bestimmt. Als Rechtshandschütze stand er am Ende der Schützenlinie und hatte niemanden vor sich. Ich war sicher, dass er damit zufrieden war. Es hätte mich gewundert, wenn das Turnier ohne Zwischenfall verlaufen wäre.
Überraschend war eigentlich nur, dass er sich schon vor dem Beginn ereignete, aber es war eigentlich vorauszusehen. Auch bei uns waren als Wettkampfkleidung das Jersey in den Vereinsfarben und die weiße lange Hose vorgeschrieben.
Erhard aber trug zu seinem T-Shirt mit dem Verbandsabzeichen Jeans. Sicher nicht in der Absicht, damit irgendjemanden zu verärgern. Wahrscheinlich trug er nie etwas Anderes.
Als die Mannschaft Aufstellung nahm, ahnte ich nichts Gutes. Am Ende der langen Reihe weißer Hosenbeine stand Erhard wie ein unübersehbarer Schlusspunkt. Es konnte gar nicht anders kommen: Der Kampfrichter weigerte sich, Erhard ohne Sportkleidung starten zu lassen. Erst auf Stefans Zureden hin ließ sich Erhard bewegen, eine alte Trainingshose mit ausgebeulten Knien anzuziehen und kehrte dann mit unbewegtem Gesicht an die Schützenlinie zurück.
Das sah nun zwar nicht besser aus, aber der Vorschrift war Genüge getan.

Nach der Eröffnung gaben die Schützen ihre Probeschüsse ab. Die Sonne schien nun fast von hinten in Richtung auf die Scheiben und die hohen Pappeln reichten mit ihren Schatten bald bis zur Schützenlinie, so dass die Bedingungen immer besser wurden.
Nachdem ich mich mit dem Scheibenrichter verständigt hatte, trug ich Erhards Ergebnisse auf seiner Wertungskarte ein. Zweimal lehnte er eine Zwischeninformation über die erreichten Ringzahlen ab. Dann ließ ich ihn in Ruhe.

Die Ergebnisse lagen allgemein sehr hoch, denn der Wind blieb aus. Nur die Hitze machte vielen Schützen zu schaffen.

Zum Schluss der Neunzig-Meter-Distanz zählte ich für Erhard 224 Ringe zusammen. Das war nicht eben viel und reichte nach der Zwischenauswertung für den sechsten Platz. Aber er lag noch vor Stefan und den anderen Männern unserer Mannschaft, denen möglicherweise noch die lange Bahnfahrt in den Knochen steckte.
In der Pause, beim Vorverlegen der Schützenlinie auf die siebzig Meter, lag er im Gras, rauchte und war noch immer nicht an seinem Ergebnis interessiert. Ungerührt zog er nach einer Viertelstunde mit seinem Bogen nach vorn und schoss seine Serien mit der Präzision eines Uhrwerks.
Nicht ein einziges Mal setzte er den Bogen ab. Meist schon als einer der Ersten trat er nach seinen Dreierserien von der Schützenlinie zurück.
Seine Pfeile kamen immer besser. Ich hatte mir ein Fernglas geliehen und zählte schon hinter der Schützenlinie mit.
Als der erste Wettkampftag zu Ende ging, hatte er bei der Siebzig-Meter-Entfernung 284 Ringe – insgesamt also 508 Ringe – erzielt und lag nun auf Platz vier.

23

Als er seine Wertungskarte unterschrieb, schien er nun doch überrascht. Zunächst hatte ich aber noch keine Gelegenheit, mit Erhard zu sprechen. Zusammen mit Stefan rückte die ganze Mannschaft an, um zu gratulieren. Mir fiel auf, das Erhard das Gesicht verzog, als ihm Peter besonders kräftig die Hand schüttelte. Vorsichtig befühlte er die Fingerspitzen seiner rechten Hand. Aber ich vergaß es, als nun die Rostocker kamen und sein Bogen von Hand zu Hand ging.

Einsilbig gab er Auskunft, viel zu widerwillig, als das offensichtliche Interesse nach meiner Meinung erfordert hätte. Er zeigt die Bohrungen für die Stabilisatoren, ließ zu, dass Stefan seine eigenen aufschraubte und auch, dass einige Probeschüsse damit versucht wurden. Bestellungen nahm er ohne feste Zusage entgegen, gab seine Adresse an und bat um schriftliche Aufträge.

„Na bitte, es läuft doch!“ sagte ich, „was ist denn los mit Dir?“

Ich begriff sein Verhalten nicht. Schweigend hielt er mir die Finger der rechten Hand vor Augen. Am Ringfinger hatte sich eine längliche Blase gebildet. Verständnislos sah ich ihn an. Das passierte bei Anfängern – aber bei Erhard?

„Der nasse Ton,“ sagte er, „ich habe meine Haut tagelang aufgeweicht. Das ist die Quittung!“

Er schlenkerte mit den Fingern. Ich wusste woran er dachte. Morgen waren noch einmal rund achtzig Pfeile zu schießen; achtzigmal musste er mit diesem Finger die neunzehn Kilo seines Bogens spannen und achtzigmal sauber und glatt die Sehne ablassen. Grübelnd sah er auf seine Hand, beugte die Finger in den Gelenken.

„Morgen werde ich wissen, ob ich wirklich gut bin,“ sagte er dann, „wenn ich es schaffe, diesen Finger nicht zu spüren.“

Ich glaubte nicht daran. Mit Bedauern sah ich seine fünfhundert Ringe, seinen vierten Platz in der Gesamtwertung abrutschen. Schade. Schweigend trugen wir das Gerät zusammen, verstauten es im Wagen.
Langsam leerte sich der Platz.
Als wir losfuhren in Richtung Stadt, trugen die Rostocker die Scheibenständer zurück auf die Fünfzig-Meter-Linie.
Stefan hatte im Bahnhofshotel Zimmer bestellt. Wir trugen unsere Taschen ins Zimmer, duschten und fuhren hinunter in die Halle. An der Bar bestellten wir Gin-Tonic.
Der Mann hinter dem Tresen übersah es, dass Erhard mit unbewegtem Gesicht drei Finger seiner rechten Hand in das Glas mit den Eiswürfeln hielt. Wir aßen im Restaurant früh zu Abend, Steak und allerlei bunte Salate, tranken noch ein Bier und gingen dann in unsere Zimmer.
Am nächsten Morgen trug Erhard am Frühstückstisch ein Heftpflaster um den Ringfinger.
„Alles okay?“ wollte ich wissen.
„Bestens“, war seine Antwort.

Dann waren wir wieder auf dem Platz. Als ich mir Erhards Wertungskarten geben ließ, merkte ich, dass ich nervös wurde. Er verzichtete auf seine Probeschüsse.
Das verstand ich; die fünfzig Meter waren seine Spezialentfernung auf der Insel.

Dann begann der Wettkampf. Die Sonne stand zu dieser Zeit – vormittags um zehn – schon ziemlich hoch, schien aber doch so schräg gegen die Schützenlinie, dass ihr Schein blendete. Viele Schützen hatten Mützen mit breiten Schirmen auf, einige trugen Sonnenbrillen. Ein leichter Wind, der im Laufe des Tages auffrischte, ließ die schwarzen und weißen Fähnchen auf den Scheibenständern flattern. Aber der Wind war für die kurzen Entfernungen ohne Bedeutung.

So freuten sich alle, nach der Hitze des gestrigen Tages über die angenehme Abkühlung, die er brachte.
Obgleich ich Erhard scharf beobachtete, konnte ich keine Veränderung an seinem Ablass bemerken. Ruhig und sicher, fast unbeteiligt gab er seine Serien ab.
Als wir am Ende zusammenzählten, bemerkte ich die größer werdende Streuung seiner Treffer bei den letzten Serien. Die fünfzig Meter brachten 273 Ringe – das waren neun Ringe weniger als gestern auf siebzig Meter. Ich zeigte ihm die Karte nicht, konnte aber auch nicht bemerken, ob er selbst seine Ergebnisse kontrolliert hatte. Während Erhard zur Schützenlinie zurück ging, rechnete ich schnell zusammen: 881 Ringe! Hatte ich mich verzählt? Nein es stimmte.
Mir war klar, dass er nicht nur die 1000 in der Tasche hatte, sondern, dass auch noch gut und gerne 1100 Ringe möglich waren.
Wusste er es? Sollte ich es ihm sagen? Als ich noch unschlüssig neben der Scheibe stand, kam Stefan zu mir. Wortlos zeigte ich ihm Erhards Wertungskarte. Er pfiff durch die Zähne.
„Das reicht fast für den Schwarzen!“
Kopfschüttelnd sah Stefan zu Erhard hinüber, der hinten an der Schützenlinie seine Pfeile sortierte. Ich sagte ihm meine Bedenken.
„Lass ihn in Ruhe,“ meinte er dann, „wer weiß, ob er die Nerven behält, wenn er weiß, dass er jeden Ring braucht.“

Ich nickte. Der „Schwarze“ – das war die zweite Stufe des Fita-Sterns. Die einfache war ein goldener fünfstrahliger Stern, in der Mitte das farbige Bild der Zehnerringscheibe mit dem Symbol eines gespannten Bogens mit eingelegtem Pfeil. Für 1100 Ringe saß dieser Stern auf einem schwarzen Wappen mit der eingelegten Ringzahl unterhalb des Sterns. In unserer Mannschaft hatte ihn noch niemand.

Nein, ich würde ihm nichts sagen. Langsam ging ich zur Schützenlinie zurück. Erhard saß rauchend im Gras, neben sich den Bogen. Schweigend warteten wir auf den Beginn der letzten Runde, die Dreißig-Meter-Distanz, die alles entscheiden würde.

Die Pause war diesmal kürzer, vielleicht zog es die Heimmannschaft zu den sonntäglichen Mittagstischen.

Die letzte Runde begann. Hatte ich vorher gemeint, für die dreißig Meter kein Fernglas zu brauchen, so sah ich mich bald getäuscht. Von der Schützenlinie aus war oft nicht eindeutig zu erkennen, ob der Pfeil eine Neun oder eine Zehn brachte. Im Gold saßen fast alle von Erhards Pfeilen, schlechter als acht Ringe war keiner seiner Treffer. Nach neun Serien zählte ich 247 Ringe. Der Mund wurde mir trocken.

An Erhards Ablass merkte ich keine Veränderung, nur schienen mir die Pausen zwischen den einzelnen Schüssen größer zu werden. Er hatte noch kein einziges Mal nach dem Spannen den Bogen wieder abgesetzt. Ich rechnete fieberhaft. Die letzten drei Serien mussten 72 Ringe bringen, sonst reichte es nicht. Würde er es schaffen, die neun Pfeile sauber auf die Scheibe zu setzen?

Erhard nockte Pfeil Nummer neun, stand locker und sah mit gesenktem Kopf vor sich ins Gras. Dann hob er den Bogen, atmete langsam ein und holte dabei die Sehne ans Kinn.

Der Bogen pendelte sich ein, stand still. Dann ging der Pfeil ab. Eine Zehn. Ich sah es ohne Glas. Erhard atmete hörbar aus, nockte sofort den nächsten Pfeil. Locker, dachte ich, bleib locker, Erhard. Der achte Pfeil kam, fast zu schnell und gleich nach dem Ankern. Die Nocke des Pfeils zeigte etwas nach oben, aber im Glas erkannte ich die zweite Zehn.

Pfeil Nummer sieben kam etwas tief, brachte aber neun Ringe. Trotz des Windes wurde mir heiß.

Es war still geworden an der Schützenlinie. Eine Atmosphäre gespannter Konzentration lag über dem Platz. Selbst die wenigen Besucher im Schatten der Pappeln standen schweigend unter den unruhig schwankenden Zweigen, deren Blätter im Wind rauschten. Das Geräusch war beinahe wie Regen. Noch zwei Serien. Erhard ging an die Schützenlinie. Der sechste Pfeil war eine Zehn. Ich rauchte eine Zigarette an, warf sie fort und trat sie aus. Nummer fünf kam langsamer. Ich sah im Glas eine Neun. Beim vierten Pfeil setzte Erhard zum ersten Male ab und ich sah die Schweißtropfen auf seiner Stirn glänzen.

Der Kampfrichter hob die gelbe Fahne für die letzten Sekunden, da flog der Pfeil. Es war eine Neun. Eben noch. Der Pfeil saß auf dem Ring zwischen acht und neun. Mit starrem Gesicht beugte Erhard die Finger der Pfeilhand. Fünfzehn Ringe fehlten ihm noch zum schwarzen Stern. Mir klopfte das Herz im Halse.

Die letzten drei Pfeile. Erhard war fertig, das sah ich ihm an. Schlagartig wurde mir klar, dass er wusste, worauf es ankam. Wahrscheinlich hatte einer von der Rostocker Mannschaft ihm gesagt, dass er dicht vor dem schwarzen Stern war. Ich wollte ihm sagen, dass er es schaffen würde, aber irgendetwas hielt mich zurück.

Als er zur letzten Serie antrat, sah er unter der Sonnenbräune blass und gespannt aus. Ich nahm das Glas und sah zur Scheibe. Zu Erhard konnte ich nicht mehr hinsehen. Dann kam der Pfeil. Eine glatte Neun, etwas hoch.

Die Pause bis zum vorletzten Pfeil schien mir endlos lang. Endlich klatschte der Pfeil in die Scheibe, blieb zitternd in der Acht stecken.

Siebzehn Ringe registrierte ich automatisch. Der letzte Pfeil. Warum kam der letzte Pfeil nicht? Ich setzte das Glas ab, sah zu Erhard.

Den Bogen mit dem eingelegten Pfeil auf dem linken Fuß sah er fragend in meine Richtung. Ich hob den Daumen.

Er nickte und sah zum Kampfrichter, der nach der gelben Fahne

griff. Dann trat er zurück von der Schützenlinie, löste den Pfeil von der Sehne und schob ihn zurück in den Köcher.
Dann kam der Abpfiff, das Turnier war beendet.
„Aber warum ..."
Er unterbrach mich.
„Ich glaube, ich hätte die Scheibe verfehlt, wenn ich noch einen Pfeil geschossen hätte. Wie viel sind es?"
„1102", sagte ich, und fühlte mich so müde, als ob ich selber am Wettkampf teilgenommen hätte.

24

Die Spannung löste sich. Lärmend kamen die Anderen heran, um Erhard zu gratulieren. Es war beim vierten Platz geblieben. Vier Schützen hatten mehr als elfhundert Ringe geschossen, dazu gab es noch zwei Tausender und auf diesem Platz waren so gute Ergebnisse noch nicht erreicht worden.
Durch Erhards Trefferzahl kam Stefans Mannschaft auf den dritten Platz in der Mannschaftswertung und er strahlte vor Freude. Abwesend sah Erhard in den Trubel hastigen Aufbruchs. Schnell leerte sich der Platz.
Ein Mann mit blauer Clubjacke sprach leise auf ihn ein. Er nickte einige Male und steckte dann einen Zettel in die Tasche der ausgebeulten Trainingshose. Stefans Einladung zu einem gemeinsamen Mittagessen schlug er aus.
Er wollte zurück auf die Insel.

Erhard hielt mir die Autoschlüssel hin. Einen Moment stand er neben der offenen Wagentür, sah zurück nach der Reihe der Scheibenständer. Dann schüttelte er den Kopf und stieg ein. Wenn ich etwas auf seinem Gesicht lesen konnte, dann war es Verdruss.
Schweigend fuhren wir los.
Erst als das Postboot ablegte, der Leuchtturm in Sicht kam, wurde aus dem von mir mühsam unterhaltenen Informationsaustausch wieder so etwas wie ein Gespräch.
Der Fita-Stern – für mich noch in weiter Ferne liegend – spielte darin keine Rolle. Sein Problem war der Mann in der blauen Clubjacke, ein Präsidiumsmitglied des Bogenschützenverbandes, wie sich herausgestellt hatte.

Er hatte Erhard zu bewegen versucht, einen Entwicklungsauftrag für Bogengriffe aus Metall zu übernehmen. Wahrscheinlich, weil amerikanische und japanische Spitzenfirmen ihre Erzeugnisse aus Magnesium im Druckgussverfahren herstellten, wollte der Verband natürlich auch im Material Weltspitze demonstrieren.
„Als ob die Bogenleistung vom Material des Griffes abhinge!“, murrte Erhard., „meine Wurfarme hat er nicht einmal gesehen.“
Er war entschlossen den Auftrag abzulehnen.
„Wenn Du den Entwicklungsauftrag nicht annehmen willst – wovon willst Du dann leben?“
Erhard zögerte.
„Ich könnte meine Bögen mit Holzgriffen als Einzelstücke verkaufen,“ meinte er dann, „oder die Terrakotten im Kunstgewerbeladen verhökern.“
„Oder Schafe hüten, oder Steine bemalen, als Souvenir für Urlauber?“
„Und warum eigentlich nicht?“, fragte er ruhig.
„Hast Du deswegen drei Jahre lang hier daran gearbeitet, eine Sache zu entwickeln, die Du für gut hältst, um sie beim ersten Misserfolg aufzugeben?“
„Erstens ist ein Auftragsangebot kein Misserfolg und zweitens habe ich meinen Bogen überhaupt nicht offiziell zur Nachnutzung angeboten. Die Holzgriffe könnte man auch industriell fertigen, mit Kopierfräsen.
Aber wenn das nicht klappt ...“ Er brach ab.
Ich wiederholte seinen letzten Satz als Frage:
„Aber wenn das nicht klappt?“
„Dann werde ich wohl kaum Bögen in Kleinserie bauen und einzeln selber verkaufen. Ich bin weder Handwerker noch Händler. Einen besseren Bogen als diesen hier“ – er wog ihn prüfend in der Hand – „werde ich niemals bauen können.
Ich könnte andere bauen, nicht schlechter als dieser.

Aber es wäre nicht mehr dasselbe. Die Sache ist fertig und zu Ende."

„Hast Du das nicht vorher gewusst?"

„Dass jede Sache einmal zu Ende geht?" Erhard gab die Frage zurück, „natürlich wusste ich das. Aber es gibt so viele Dinge, die ich noch nicht versucht habe."

„Meinst Du nicht, dass Du erst diese eine Sache richtig zu Ende führen solltest?"

„Vielleicht geht es mir um etwas ganz Anderes. Was verstehst Du denn darunter, eine Sache zu Ende zu führen? Geld und Anerkennung? Wofür sollte das wichtig sein? Wichtig ist für mich, eine Idee im Kopf zu haben und sie mit meinen Händen zu verwirklichen. Ich fasse nun einmal lieber ein Stück schönes Holz an als einen schmutzigen Geldschein und ich stehe auch lieber in meiner Werkstatt an der Hobelbank, anstatt am Reißbrett das Papier mit Möbelentwürfen zu bemalen, die niemand produzieren will."

„Meinst Du nicht, dass das vielleicht Dein eigentliches Problem ist?", wollte ich wissen. Erhard stand auf, ging ans Fenster und sah hinaus in die Dunkelheit.

„Ja," sagte er, „das war mein eigentliches Problem, als ich hierher kam. Das und einiges Andere, das inzwischen auch nicht mehr wichtig ist."

„Und was ist jetzt wichtig?," fragte ich.

Erhard drehte sich, die Hände in den Taschen, zu mir herum. Er lachte.

„Essen, wenn ich hungrig bin, und schlafen, wenn ich müde bin."

25

Im letzten Sommer benutzte Erhard einen neuen Bogen. In der Grundform dem letzten Modell ähnlich, besaß er nicht mehr dessen ausgewogene Eleganz. Die elfenbeinfarben lackierten Bogenarme hatten am unteren Ende fast die Breite meines Handrückens, waren kürzer und die Kurve der Spitzen stieß in einer energischen Krümmung nach vorn, streckte sich nahezu zu einer Geraden. Seine Form verriet eine weitaus größere Kraft, die sich auch ausdrückte in dem kompakten tiefschwarzen Holzgriff, dessen flache V-Form mit der straffen Doppelkurve der Bogenarme korrespondierte. Dennoch wirkte der Bogen plump. Die strengere plastische Form erschien zwingend als Ausdruck einer augenscheinlichen Stärke.

Erhard nahm den Bogen selten. Die wenigen Male, die er noch mit mir zusammen auf die Scheibe schoss, sah ich ihn nur einmal diesen Bogen benutzen. Von den Pfeilen hatte er die Spitzen abgefeilt. Mir wurde klar warum, als die Pfeile mit einem peitschenden Schlag bis fast zur Nocke Scheibe und Pfeilfang durchschlugen. Dieser Bogen besaß eine gefährliche Kraft. Als er ihn mir entgegenhielt, horizontal, die blanken Spitzen der Wurfarme gegen mich gerichtet, erinnerte er mich an das Gehörn eines Kampfstieres.
Ich nahm ihn zögernd, zweifelnd, ob ich ihn spannen könnte, unsicher, mein Unvermögen zugeben zu müssen. Aber es gelang mir, die Sehne ans Kinn zu bringen, auch wenn sie die Finger meiner Pfeilhand aufzusprengen schien. Ich schaffte es in den Armen, aber ich schaffte es nicht in der Schulter und ich hoffte, dass er es nicht bemerkte, als mir der Pfeil davonjagte, kaum dass ich die Scheibe im Visier hatte.

Dieser Bogen war eine Herausforderung, aber er hatte mehr Kraft, als es selbst die 90-Meter-Distanz verlangte. Er schien mir für einen anderen Zweck gebaut und ich hatte das Gefühl, dass es – wenn überhaupt – für mich zu früh wäre, mich an solch einem Bogen zu versuchen.

Erhard schien schweigsamer geworden in diesem letzten Sommer.
Unsere Gespräche verknappten sich merklich, versiegten schnell. Was ihn beschäftigte, schien keiner Mitteilung wert, war vielleicht schwierig oder sehr persönlich oder noch nicht reif, es auszusprechen. Ich gab es auf, zu fragen.
Nur einmal, als die Rauchschwalben abends auf der Jagd nach Mücken in hastigen Schwüngen um den Dachgiebel pfeilten, erinnerte ich ihn an seine Bemerkung vom vergangenen Sommer. Wir hatten davon gesprochen, dass es möglich sein müsse, einen Vogel im Flug zu treffen.
„Eine Schwalbe vielleicht nicht gerade," meinte Erhard, der meinem Blick gefolgt war.
„Und eine Krähe?" Immerhin hielt ich einen Schuss auf eine Krähe für eine entschuldbare Handlung. Aber aus Erhards Antwort entnahm ich, dass Schaden oder Nutzen eines Vogels ohne Belang war für seine Motivation.
„Möwen," sagte er, „Möwen sind leicht zu schießen."
„Hast Du es versucht?" Es interessierte mich wirklich.
Er sah mich erstaunt an.
„Ich weiß, wie ich es machen muss," sagte er dann, „mir brauche ich es nicht zu beweisen." Der Vorwurf war unüberhörbar.
„Denkst Du vielleicht, ich würde Dich überreden, eine Möwe zu schießen, nur um mir den Beweis zu liefern, dass es möglich ist?"
„Nein," sagte er. Und nach einer Weile:
„Oder vielleicht doch, ja."

Und nochmals nach einer Pause:
„Aber wenn ich es tue, dann werde ich einen anderen Grund dafür haben.“
Ich kannte ihn gut genug, um weitere Fragen zu unterlassen.
Einige Tage später kämmte seit dem frühen Morgen ein steifer Seewind das Gras auf den Hügeln, schüttelte die Kiefernkronen auf dem Kamm der Steilküste.
Ich las und rauchte im Dachzimmer, fand es warm und bequem und hatte nicht im Geringsten das Bedürfnis nach einem Spaziergang, als Erhard die Treppe heraufkam. Den schwarzen Bogen in der Hand, einen einzelnen Pfeil in den Gürtel gesteckt, stand er in der Tür. Ich sah auf, verwundert über seinen Aufzug.
„Komm wir holen uns die Möwe,“ sagte er.
„Bei dem Wetter?“ Ein Windstoß ließ den Fensterflügel im Giebel klappern.
„Bei dem Wetter,“ sagte Erhard, drehte sich um und ging die Treppe hinunter. Ich sagte etwas, halblaut, was kein Ausdruck von Begeisterung war. Aber ich legte das Buch beiseite, zerrte die Jackenärmel über den Pullover.
Als ich die Haustür schloss, war Erhard schon hundert Meter vor mir und stieg langsam, mit weiten Schritten den Hang hinauf. Ich lief ihm nach; schweigend gingen wir hintereinander den Weg entlang. Erhard lief dem Wind entgegen, in Richtung zur Steilküste. Kein Mensch war unterwegs.
Was zum Teufel hatte ihn veranlasst, ausgerechnet bei einem solchen Wetter eine Möwe schießen zu wollen? Wollte er mich für meine Zweifel an seiner Treffsicherheit bestrafen?
Aber so etwas lag Erhard nicht. Vielleicht war es, weil er bei diesem Wetter sicher sein konnte, dass uns niemand beobachtete, denn er wusste so gut wie ich, dass sein Vorhaben keine vernünftige -, ja nicht einmal eine erklärbare Begründung finden konnte. Selbst ein gewildertes Kaninchen hielt ich noch für entschuldbar; schließlich konnte man es essen.

Ich gab es auf, mir den Kopf zu zerbrechen, trottete hinter ihm her, während ich viel lieber bei einer Tasse Tee in meinem Buch geblättert hätte.
Über die Hangkante fegte der kalte Seewind den feinen Sand in Mund und Augen. Fluchend spie ich ihn aus, knöpfte die Jacke bis hoch zum Hals. Als ich die Treppe zum Strand hinunterlief, musste ich mich nach vorne legen, spürte meine Haut ledern und fühllos werden. Lauter und lauter wurde das Rauschen der See, die in langen Wellen weit auf den Strand lief, hohe Kiesbänke aufgeschoben hatte, wo gestern noch flacher Grund war.

Allerlei buntes Strandgut lag herum: Leere Blechkanister, Plastikflaschen verschiedenster Farben und Formen trieben heran, rollten im schmutzigen Schaum des Spülsaumes. Ein Fender, aus dessen zerrissenem Netzgeflecht Korkbrocken herausfielen, war halb im Sand vergraben.
Ein Flug Lachmöwen, der den Strand nach Fressbarem abgesucht haben mochte, erhob sich kreischend, schwenkte in kurzem Bogen über die See zurück, fiel hinter uns wieder am Strand ein. Vor uns her zog stumm eine Raubmöwe.

Wir waren inzwischen bis nahe an die Bruchkante der Steilküste gelangt, an der Erhard den Ton für seine Plastiken gefunden hatte.
Halbwegs im Windschatten einer knochenbleichen Baumwurzel hockte ich neben Erhard, kaum bemüht, mein Missvergnügen an diesem Spaziergang zu verbergen.

„Willst Du wieder umkehren?"
„Warum hast Du mich das nicht vor einer halben Stunde gefragt?"
Erhard lachte. „Weil Du dann nicht mitgekommen wärst."
Er wurde wieder ernst. „Nein," sagte er dann. „Ich brauche genau dieses Wetter. Sieh' mal hin."
Er wies auf die Raubmöwe, die zehn, vielleicht fünfzehn Meter vor uns über dem Strand flog.
Stetig und hart kam der Wind über die See, leicht zu orten die Richtung: Hielt man ihm das Gesicht genau entgegen, war in beiden Ohren ein gleichstarkes, fast schmerzhaftes Rauschen, das jeden anderen Ton überdeckte.
Doch ich vergaß meine Unlust bei der Betrachtung der Möwe, die mit unglaublicher Eleganz diesem Wetter trotzte. Zum ersten Male hielt ich für möglich, dass Vögel etwas wie Glück empfinden könnten, bei solch einer Art des Fliegens.
Je länger ich hinsah, umso mehr faszinierte mich dieses Bild. Mühelos schien sie zu schweben, mit angewinkelten Flügeln glich sie die Schwankungen aus in sparsamem Strecken und Beugen, fast auf der Stelle schwebend. Selbst das taumelnde Auf und Ab, die Bewegung zur Seite schien leicht und sicher, ein Spiel, jenseits von Zweck und Ziel.
Mit leisem Klicken rastete Erhards Pfeilnocke in die Sehne ein. Bevor ich etwas sagen konnte, war er aufgestanden, ging langsam vor an den Strand.

Mit schiefem Kopf sah die Möwe zu ihm herab, brauchte die Augen nicht, ihren Kurs zu steuern, denn Reflexe in Bruchteilen von Sekunden zu korrigieren mochte zum Programm „Flug auf der Stelle" zu gehören. Wenn etwas sie retten konnte vor Erhards Pfeil, dann war es die Flucht. Aber sie tanzte weiter im Wind und selbst als Erhard den Bogen hob, eine stumme Warnung, schrie sie mit gellendem Schrei, doch sie flog nicht davon.

Als Erhard den Bogen spannte, brach eine Welle schäumend ans Ufer, durchnässte ihn bis an die Knie. Aber der Pfeil, silbern gegen den grauen Himmel, stand schon im Ziel. Als die Sehne erklang, war da zugleich das Geräusch eines Schlages, der mit unwiderstehlicher Kraft die Möwe traf. Sie reckte den Hals nach vorn, den Schnabel geöffnet zu einem stummen Schrei. Dann kippte sie ab über den rechten Flügel, fiel taumelnd und sich überschlagend ins Wasser, in dem sie verschwand. Zwei Federn jagten wirbelnd davon.
Bestürzend leer plötzlich der Himmel, und erneut wahrgenommen das Brausen des Windes in schmerzenden Ohren.
Immer noch stand Erhard am Ufer, über den Bogen hinweg den Blick auf den Horizont und ging dann langsam zurück, am Wasser entlang.
Fünfzig, sechzig Meter weiter hielt er an, kam ein paar Schritte weit zögernd zurück, setzte sich dann, den Bogen auf den Knien, den Blick auf die See gerichtet.

Sinnlos schien mir das alles, sinnlos von Anfang bis Ende. Jetzt trieb auch die Möwe an, schlaffes Bündel von Federn, rollte über den Kies, wurde zurückgespült, rutschte erneut über den nassen Sand, blieb reglos liegen. Nur der Wind blies die Federn auf, flatternd in Grau und Weiß.
Mit leerem Kopf ging ich zurück. Da er nicht aufstand, als ich heran war, hockte auch ich mich ein Stück seitwärts in den nicht sehr wirksamen Windschutz eines großen Steines.

Unbewegt sah Erhard hinaus auf Wasser. So verging eine ganze Weile. Als ich endlich verdrossen nach einem Blick auf die Uhr aufstehen wollte, hob er plötzlich die Hand. Sehen konnte ich nichts, aber ich hörte unter dem Rauschen der See, dem scharfen Zischen des über den Kies zurückflutenden Wassers ein leises metallisches Klirren. Kaum einen Meter von Erhards Füßen spülte die See den blanken silberglänzenden Pfeil auf den Sand.
Böig werdend trieb uns der Wind in heftigen Stößen nach Hause.

26

Vergeblich versuchte ich, meine Beunruhigung zu überwinden. Auch nach der Rückkehr in das Dachzimmer ließen mich die Bilder am Strand nicht los. Wie in einer Zeitlupenaufnahme reihten sich die Bewegungen aneinander, nun alle in einer Verkettung, deren Schlusspunkt der zu Erhards Füßen zurückkehrende Pfeil war. Und langsam entstand in mir die Vorstellung, dass der Tod der Möwe nur der sichtbare Teil dieser Handlung war; dass der Pfeil über das Ziel hinausging, hin zu einem anderen, das nur Erhard kannte, zu ihm zurück. Nein – nicht das Sterben des Vogels war die eigentliche Ursache meiner Unruhe.

War doch auch die Kaninchenjagd ein Töten gewesen, genau so schnell und schmerzlos sicher, aber gleichzeitig auch etwas Abenteuerlich-Romantisches, an das ich mich gern erinnerte. Sicherlich ließen sich auch hier logische Begründungen finden, warum Erhard mit solcher Genauigkeit die Stelle des Strandes wusste, an die der Pfeil von den Wellen zurückgetragen wurde.

Aber der Eindruck verstärkte sich immer mehr, dass mir Erhard damit etwas ganz Anderes sagen wollte; vielleicht eben dies, dass ich nicht immer nach logischen Begründungen forschen sollte; dass es Bereiche gab, in denen das Gesetz von Ursache und Wirkung weiter reichte, als die geglückte Flugbahn eines Pfeiles zwischen Bogen und Ziel.

Ich suchte lange nach dem Wort, und als ich es gefunden hatte, da schien es der Prüfung standzuhalten.

Übereinstimmung war es, was Erhard mir zeigen wollte. Er hatte alle Bedingungen und Umstände bedacht und sich mit ihnen in Übereinstimmung gebracht, aber auf eine solche Art und Weise, dass der Anteil der Intuition den von Können und Überlegung weit überstieg. War es das, was er mir sagen wollte? Mit Worten wäre es nicht auszudrücken gewesen. Wenn dies der Weg war, den er mir zeigen wollte, so war ich nicht sicher, ob auch ich ihn beschreiten würde. Etwas wie Kälte kroch mir über den Rücken bei der Vorstellung, wohin er führen könnte.

Über sich selbst hinauszuwachsen – welch eine verlockende Vorstellung! Das Bekannte, das Normale, das Alltägliche und ständig Wiederholte zu verlassen, zu neuen Grenzen zu gelangen. Aber um welchen Preis denn? Verband er sich nicht mit der Einsamkeit, dem Verlust des Vertrauten, der Sicherheit des Bekannten? Noch schien mir die Notwendigkeit einer eigenen Entscheidung fern, glaubte ich längst nicht alles ausgeschöpft zu haben, was meine eigenen Möglichkeiten betraf. Aber schon waren die Zweifel da, begann das Gefühl des Ungenügens meine kleinen Freuden und Erfolge zu zermürben.

Seit dem Herbst des letzten Jahres hatte diese Unruhe zugenommen. Sie betraf nicht nur meine Arbeit. Die Sinnlosigkeit so vieler Dinge, die ich tat und die zu tun ich veranlasst wurde, verleidete mir meine Tage. Zwar gelang es mir immer besser, mit Pfeil und Bogen oder auch nur dem Gedanken daran meine Unlust zu verdrängen, mit dem unmittelbaren und sichtbaren Beweis des erreichbaren Erfolges im Gold der Scheibenmitte zeitweise meine Selbstbestätigung zu finden. Aber ich begann mich zu fragen, warum ich mich immer und immer wieder fit machen sollte für Scheingefechte um Scheinlösungen.

Manchmal schien es mir, als würde ich das selbstvergessene Hantieren mit Bogen und Pfeil missbrauchen als Vehikel zur Verdrängung meiner Unlust an einem unausgefüllten Leben.

Und es gab Tage, an denen mich etwas wie Angst überfiel, wenn ich durch die Unterführung am Bahnhof Friedrichstraße ging – über mir das Dröhnen der S-Bahnzüge, neben mir Lärm und Gestank der Autos, die mit kreischenden Bremsen anhielten am Fußgängerüberweg.
Wenig von dem, was ich tat, geschah bewusst in der Gegenwart. Immer mehr verengte sich die schmale Spalte des Jetzt zwischen vergangenen und erwarteten Zwängen. Irgendwann fiel es mir ein, was Erhard gemeint hatte, als er davon sprach, wie wichtig es sei, zu essen, wenn man hungrig und zu schlafen, wenn man müde sei.
Nicht einmal das gelang mir. Wenn ich müde war, trank ich Kaffee, um munter zu bleiben und die Zeit meiner Mahlzeiten war auf dem Dienstweg vorgeschrieben.
Als eines Tages – es wurde an Tabellen über unterschiedliche Verschleißzeiten von Gebäudeteilen gearbeitet – ein Statiker mit sichtlicher Befriedigung davon sprach, dass Beton mit der Zeit nur härter und fester werde, fand ich diese Aussicht mit einem Male gar nicht mehr so beruhigend.
Seitdem empfand ich kein Verlangen mehr danach, der Nachwelt bleibende Denkmäler zu hinterlassen.

27

Ich erinnerte mich eines Grafikers, in dessen Hinterhofatelier im Prenzlauer Berg ich beklemmende und merkwürdige Fotos gesehen hatte: Grasbüschel und Stauden in Fugen und Spalten von Beton, Bäumchen skurril verkrümmt in Dachrinnen und altem Mauerwerk, blühendes Gerank auch an alten Friedhofsmauern aus gespaltenen Feldsteinen.
Unverständlich erschien mir damals die Dringlichkeit, mit der er meine Auffassung zu seinen Bildern erfahren wollte und er schien enttäuscht, als ich mich mit der ungewöhnlichen Motivwahl, der Schönheit des Unscheinbaren lahm herauszureden versuchte. Nur bei den Pastellskizzen aus Bulgarien, von einem verlassenen Dorf in den Bergen, schienen wir uns zu verstehen.
Die Lehmwände der verfallenden Bauernhäuser verschmolzen in sanftem Fließen mit dem Boden, durchzogen von Rinnen und Furchen, die Regen und Tauwasser ausgespült hatten und die sich fortsetzten, wo sie sich mit dem Erdboden vermischten. Wieder zu Erde werdend, bedeckten die zerfließenden Vierecke der Gebäude als wildüberwucherte Flächen die Höfe und Gassen. Keine Ruinenromantik – hier nahm sich die Natur zurück, was sich der Mensch entliehen hatte. Das Ganze hatte soviel Versöhnliches, dass es mich heiter stimmte, und als ich davon sprach, dass sich hier eine Rückkehr zu ursprünglicher Einheit vollzog, da musste mir das richtige Wort eingefallen sein, denn der Abend endete mit einer Flasche fünfsterniger Pliskas und dem Lob von Bulgariens tiefblauem Himmel.

Vielleicht waren mir schon damals unbewusst meine Wertvorstellungen ins Wackeln geraten; die Klischees, die ich kritiklos und selbstverständlich übernommen hatte: Die von meinem Beruf als einer pünktlich bezahlten Tätigkeit, auszuüben mit einem Minimum an Engagement, ständig begleitet vom Zweifel an der Realisierung, zusehends zum Selbstzweck entfremdet.

Zwar blieben – manchmal – Phasen in der Entwicklungsarbeit, in der ich vergaß, dass meine Vorstellungen Papier bleiben würden. Vielleicht war der Weg zu lang zwischen Idee und Wirklichkeit, der Reibungsverlust zwischen der räumlichen Vorstellung, der zweidimensionalen Darstellung auf dem Papier und dem mühsamen Weg der Umsetzung zu groß, der immer wieder korrigiert und verändert wurde, bis endlich alles auf erschreckende Weise einander ähnlicher und ähnlicher wurde und schließlich jemand fand .... na, dann können wir ja auch gleich ....“ und wieder der selbe Mist, auch als es schon wieder Bücher gab über Bauhaus und Gropius; und es war ein Grafiker, der mir erklärte, in dem alten Kuhstall seines Bauernhofes bei Fürstenwalde sei mehr Architektur, als in einem ganzen Neubauviertel.

28

Im Schornstein jaulte der Wind.
Raschelnd brachen mürbe Riedstängel aus dem Dachfirst; ich hörte sie über das Dach gleiten, lautlos fielen sie auf die Terrasse. Die Unruhe führte meine Gedanken auf immer engeren Kreisen an den Anfang zurück, und ich dachte, dass ich vielleicht unbewusst einem Gefühl gefolgt war, das weniger Erhard als mich selber betraf. Oder doch nur insoweit, als etwas, das mir wie zwanghafte Nachfolge vorkommen wollte, Ursache meines plötzlichen Reiseentschlusses zu sein schien.
Die unregelmäßig an- und abschwellenden Geräusche des Windes zerrten an meinen Nerven. Es war der zweite Tag, an dem ich mit niemanden gesprochen, keine menschliche Stimme gehört hatte. Erhards kleiner Kassettenrecorder stand noch immer unten auf dem Sideboard.
Ich ging hinunter, zog den Schub auf, in dem ich die Kassetten säuberlich gestapelt fand, griff aufs Geratewohl eine heraus. Sie trug keine Aufschrift. Ich legte die Kassette ein, ließ den Deckel zuschnappen, drückte die Taste für Wiedergabe. Nein, es war nicht „Dire Strait", wie ich einen Moment lang glaubte, sondern eine kühle glasklare Cembalomusik klang aus dem schwarzen Gehäuse, perlte leicht und präzise zugleich, durchsichtig und zart durch den leeren Raum.
Ich saß, bis die eine Seite des Bandes abgespielt war, drehte die Kassette um und hörte auch die andere Seite. Aber noch bevor das Band zu Ende war, hatte sich die Musik mit Worten verknüpft; Worten, die sich zu einem Satz fügten, den ich nun vor mich hin sprach, noch ohne zu wissen, warum –

„Du bist ziemlich nahe dran",

hieß der Satz, und ich war sicher, dass ich den Wortlaut genau repetierte, aber ich wusste nicht, woher er stammte.

Da Musik ihn aus meiner Erinnerung hatte auftauchen lassen, suchte ich ihn damit in Verbindung zu bringen. Noch während ich die Hand hob, um den Recorder noch einmal einzuschalten, fiel es mir wieder ein. Stockend liefen die Bilder in meinem Gedächtnis zurück, blieben stehen an einem frühen Sommerabend, in einem großen hellen Raum voller Menschen und bei einem hohen Baum, von dem mir eine neue Erfahrung zugegangen war.

Ein Cembalo gab es nicht in der Bibliothek des Gerhard-Hauptmann-Hauses, aber einen Flügel. An drei Seiten verglast, ließ der quadratische Raum den Blick frei über eine Terrasse in den parkartigen Garten, dessen hohe Bäume das Haus auch tagsüber in einem kühlgrünen Halbdunkel verschatteten.
Beinahe wöchentlich gab es hier kammermusikalische Veranstaltungen, zu denen mit schöner Regelmäßigkeit die Elite der Inselbewohner erschien.
Sicher gab es nicht den mindesten Grund, mich zu mokieren über den Wunsch nach etwas Festlichkeit, der sich ausdrückte in dunklen Anzügen der Herren und knöchellangen Röcken einiger Damen, aber merkwürdig deplaziert erschien mir schon das halblaute Gruppengeplauder der Insider auf der Terrasse vor dem Konzertbeginn.
Im Halbkreis um den offenen Flügel die Stühle; die ersten drei Reihen belegten Täschchen, Stolen und Strickjacken – hier sitzen die, die hier immer sitzen. Ich drückte mich in die letzte Reihe, ans Fenster, schob meine abgewetzten Turnschuhe unter den Stuhl vor mir und hatte wieder einmal das Gefühl, fehl am Platze zu sein.
Scharren der Stühle auf den braunroten Klinkern des Fußbodens, der Raum füllte sich. Glücksverklärte Ansage eines jungen Mannes in blütenweißem Hemd „ ... freuen uns, begrüßen zu dürfen ... „ und Auftritt der Künstlerin des Abends, blondes Gelock über schändlich sonnverbrannten Nacken und

Schultern, sanfte Verlegenheit bei der Verbeugung, linke Hand vor dem Ausschnitt des weißen Leinenkleides.

Soweit die Bilder meiner Erinnerung, zu denen auch blassviolette Blüten des Rhododendron auf der Terrasse gehörten, die Farbe der holzgetäfelten Kassettendecke und der matte Schimmer der Zinngefäße und dunkelglasierten Keramikgefäße vor dem weißen Wandstreifen oberhalb der Bücherregale. Aber kein Takt der Musik mehr in meinem Ohr. Das Programm? Romantik – Schubert war dabei, auch an Chopin glaubte ich mich zu erinnern.
Und was mein Gedächtnis dem Ohr verweigerte, war wieder als Bild erinnert: Kraftvoll-energisches Spiel einer ernsthaften und konzentriert wirkenden Frau, die sich als Mädchen verkleidet hatte.
Schräg hinter ihr sitzend sah ich die Bewegung der Schulterblätter, der kräftigen Oberarme. Es müssen Pralltriller gewesen sein, bei denen die heftige Bewegung der rhythmischen Erschütterung sich auf die Muskeln der Arme übertrug, dass ich nun nicht mehr hinschauen wollte.
Aber statt die Augen zu schließen, sah ich hinaus in den Garten. Noch entsann ich mich der Verwunderung darüber, dass ich ihre Musik besser zu hören vermochte, nachdem ich sie nicht mehr sah; noch spürte ich, dass ich mich darin zu verlieren begann, als eine große Buche vor der Terrasse auf unerklärliche Weise einbezogen schien in dieses Spiel.
Verloren in eine Wahrnehmung, deren Aufmerksamkeit der Betrachtung durch die Musik merkwürdig klar und überhöht erschien, sah ich die Bewegung der leise an ihren Stielen pendelnden Blätter, zugleich aber auch das sanfte Auf- und Abschwanken der Zweige, das sich ihnen als zweite, überlagerte Bewegung mitteilte und schließlich auch die fast unmerkliche Schwingung des Stammes in zunehmender Höhe, wo die starken Äste sich gabelten.

All diese Bewegungen schienen in angemessener Abwandlung und Abstufung fortgesetzt vom Großen zum Kleinen hin und vermittelten ein Gefühl von Ganzheit und Harmonie, die sich mir mitteilte als unerklärliche Heiterkeit.

Prasselnder Beifall riss mich zurück in die vier Wände der Bibliothek. Ich schlich mich hinaus, strich im Vorbeigehen mit der Hand über die glatte Rinde der Buche, im Ohr den Nachklang einer Musik, die ich nicht gehört hatte, oder doch so anders wie niemals zuvor.

Es war eine Erfahrung, die zu erklären ich unerwartete Schwierigkeiten hatte. Als ich Erhard meinen Eindruck wiederzugeben versuchte, suchte ich lange nach treffenden Worten, eine so klare Empfindung wiederzugeben.

Auch das sagte ich ihm schließlich, als Erklärung für mein offensichtliches Unvermögen. Aber er schien mich verstanden zu haben und etwas wie Überraschung lag in seinen Worten – denn das waren sie gewesen:

„Du bist ziemlich nahe dran.“

Aber es schien das Gleiche wie vorher – wieder hatte ich die Fetzen meiner Erinnerung aneinandergeknüpft zu einer Kette von Bildern, an deren Ende statt einer Antwort eine neue Frage stand.

War dies alles vielleicht in einen großen Zusammenhang einzuordnen?

29

Ich ließ den Deckel des Recorders hoch schnappen, zog die Kassette heraus und legte sie in die Schublade zurück. Langsam stieg ich die Treppe hinauf. Immer noch stieß der böige Wind in heftigen Stößen gegen das Giebelfenster. Mit leisem Geräusch bewegte sich der Saum des Friesvorhanges über die glatten Dielen.
Wenn es wirklich irgendwelche Zusammenhänge zwischen all meinen Erlebnissen gab, so konnte es nur eine Frage ihrer gegenseitigen Zuordnung sein, sie zu erkennen. Das schien mir beruhigend methodisch.

Festhalten konnte ich – da sie im Wesentlichen die Umgebung und die Person Erhards betrafen – dass sie ihm bewusster waren, als mir. Dass er aber aus einem Grunde, den nur er selbst kannte, seine Erfahrungen, Deutungen oder was immer es sein mochte, nicht mitteilen wollte.
Da ich nicht annehmen konnte, dass er mir etwas verheimlichen wollte, konnte sein Verhalten nur bedeuten, dass ich von selbst darauf kommen sollte. Oder war es etwas, das in normalen Worten und Begriffen nicht mitzuteilen war?
Ich erinnerte mich, wie schwer es mir fiel, anderen zu erklären, was mir Pfeil und Bogen bedeuteten. Diesen Zustand der Selbstvergessenheit, der Ausschließlichkeit eines Geschehens, das eigentlich so zweckfrei war wie ein Spiel und doch gleichzeitig so ernsthaft, dass nichts außer ihm existierte.
Es zu beschreiben, wenn es vorbei war: Ein Zustand der Übereinstimmung, herstellbar durch etwas wie Ausschalten von Vorsatz und Willen – oder auch darin schon wieder zuviel Absicht: durch Vergessen von Absicht und Ziel, als sei das Ich nur unbewusster Mittler zwischen den Dingen.

„Du bist ziemlich nahe dran",
sagte Erhards Stimme, und ich versuchte, meinen Gedanken eine feste Form zu geben, die einer Überprüfung stand hielt. Und schon ging mir ein neues Wort durch den Kopf, das sich, einmal gedacht, nicht wieder verdrängen ließ:
Bewusstseinserweiterung – ich mochte es nicht. Es klang nach Drogen und Alkohol, nach Haschisch und Betäubung. Nein, damit hatte es nichts zu tun. Es war etwas ganz Anderes, und dennoch schien mir der Begriff etwas zu enthalten, das noch anders zu interpretieren war. Hatten alle Formen käuflichen Vergessens den Zweck, momentane Zwänge zu verdrängen – und um welchen Preis – so war das Vehikel des Bogenschießens, wenn es ein solches war, tatsächlich der Mittler eines neuen Weges zu sich selbst.

Ich hatte vergessen, zu atmen. Mit trockenem Mund holte ich tief Luft – ich hielt das Horn des Hasens in der Hand.
All das war paradox und doch so selbstverständlich zugleich, dass es mich schwindeln machte. Zu sich selbst zu finden, indem man sich selbst vergaß. Eine Musik zu hören, die man nicht bewusst wahrnahm, die sich einem mitteilte über die Bewegung eines Baumes, als seien die Schwingungen der Luft visualisiert, das Schwanken der Blätter und Zweige sichtbare Musik geworden. Waren es Ausnahmezustände sinnlicher Wahrnehmung, die sich nicht mitteilen ließen?
Ich spürte, dass alle Versuche einer Umschreibung lückenhaft und dürftig waren, dass im Versuch der Übermittlung dieser Erfahrungen Wesentliches ungesagt bleiben musste.
Hinauszugelangen über das eigene Ungenügen.
Die Ketten platter Kausalität zu sprengen.
Die Klischees der angepassten Bedürfnisse in den Müll zu werfen.
Eine verlockende Aussicht.
War es das wirklich?

So schnell das Wort von der Verlockung da war, so schnell stolperte ich über den Pferdefuß, den es verbarg. Wenn das ein neuer, ein anderer Weg war, wohin führte er mich? Und weiter: Wohin hatte er Erhard geführt?

Mein Kopf schmerzte. Ich hatte zuviel geraucht und auch die Flasche war kaum noch halbvoll. Ich hielt es nicht mehr aus in diesem Raum, in dem mich die Erinnerungen aus jeder Ecke ansprangen.
Draußen lagen die fahlen Hügel im Licht der blassen Frühlingssonne. Kein Mensch war zu sehen in der Mittagsstille dieses Sonntages.
Trotzdem wollte ich kein Risiko eingehen. Nach dem Mantel greifend ging ich in die Küche, stieß den schmalen Fensterflügel auf und sprang in den Hof. Erst nachdem ich mich durch die Sanddornbüsche gezwängt hatte, zog ich den Mantel an, lief hinunter zum Weg und stieg dann langsam über den Hang hinauf zum Wald.

30

Schwarz vor Nässe lag das Laub des Ahornunterwuchses auf dem schmalen Pfad, der gesäumt wurde von kniehohem Koppeldraht zwischen dünnen Betonpfählen. Abgebrochene Zweige knackten unter meinen Füßen und vor der Wegbiegung, die in einer tief ausgewaschenen Furche zur Treppe an der Steilküste führt, lag eine umgebrochene Kiefer quer über dem Weg.
Der Wind nahm an Heftigkeit zu, je mehr ich mich der Küste näherte, und als ich den schützenden Windschatten des Waldes verließ, fuhren mir seine böigen Stöße ins Gesicht wie Schläge von nassen Lappen. Ich zerrte den Reißverschluss der Parka so hoch ich konnte, stülpte die Kapuze über den Kopf und zog sie mit der Schnur unter dem Kinn fest. Kurz vor dem Treppenabstieg lag ein winziges Plateau hart am Abfall der Steilküste, von dem aus der erste Blick zwischen dem dichten Gebüsch auf die See frei wurde.
Kaum ein Urlauber, der an dieser Stelle des Weges vorbei kam, konnte es unterlassen, diesen Fleck zu betreten, meist erschrekkend vor dem unerwarteten Blick von der Bruchkante, die hier steil vierzig Meter in die Tiefe fiel, aufgefangen vom dornigen Gestrüpp des Sanddorns.
Vortretend sah ich den leeren Strand, auf den schäumende Wellen aufliefen, hörte das Prasseln und Rauschen von Kies und Gestein beim Rückfluten des Wassers. Fetzen von Gischt jagten vor dem Wind her über den Steinwall, flogen als gelbflockiger Schaum auf den Sand und zwischen die Büsche. Die See war bleigrau unter einem klaren Himmel und so weit ich sehen konnte bedeckt mit weißen Schaumkronen, die fächerartig auseinander liefen, wo die Böen auf das Wasser fielen.

Der Horizont war ein dunkler Strich, wie mit dem Lineal gezogen in die wolkenlose Klarheit der Ferne.

Die graue Silhouette eines Küstenwachbootes weit draußen verschwamm fast mit der Wasserfläche. Scheinbar ohne Fahrt, mit dem Bug gegen den Wind, waren seine Bewegungen kaum am schwachen Neigen des kurzen Mastes zu erkennen. Ich schob mich in den Windschatten der Büsche. Die Hände in die Tasche vergraben sah ich hinaus auf die See.
Als mein Blick die Linie des Horizontes verfolgte, fiel er auf einen weißen Fleck, winzig und fern, der sich nicht bewegte. Das musste der Kreidefelsen der Insel Moen sein, die zu Dänemark gehörte.
Ich hatte Erhard eines Abends hier getroffen, nicht zum ersten Mal, und er hatte mir erzählt, dass in früheren Jahren Kaffeefahrten von der Insel dorthin stattfanden. Überraschend genau wusste er die Entfernung – 29 Seemeilen waren es, umgerechnet etwa fünfzig Kilometer – wenn ich mich recht erinnerte. Aber mehr hatte mich damals interessiert, dass es am nächsten Tage regnen würde, wenn man bis Moen sehen konnte. Erhards Prognose hatte gestimmt.
Gelegentlich hatte ich den Horizont wieder abgesucht, wenn ich hier vorbeikam, war dann aber immer froh, wenn der diesige Himmel die Insel verbarg, deren Anblick Regenwetter bedeutete. So war sie wieder bis eben meiner Erinnerung entfallen.
Ich fischte eine zerdrückte Zigarette aus der Manteltasche, verkroch mich tief in das Futter meiner Parka und brachte sie endlich zum Brennen. Sie brannte im Wind mit einem langen spitzen Glutkegel, von dem die Asche in winzigen Flocken davon stob, verzehrte sich rasch und versengte mir fast die Finger in der hohlen Hand. Ich schnippte sie über den Hang und sie jagte davon, eine funkensprühende kleine Rakete.

Unmerklich hatte sich der Schatten des Küstenwachbootes in mein Blickfeld geschoben. Der nadelfeine Strich des Mastes ragte knapp über die Kimm und fuhr unmerklich nach Westen.
Eine unerklärliche zunehmende Spannung überkam mich, ohne einen erkennbaren Anlass. Ich starrte wie hypnotisiert auf diese Nadelspitze, die plötzlich vor dem weißen Flecken am Horizont stand und im gleichen Moment klang es in meinem Ohr wie der Ton einer Bogensehne. Erst danach registrierte mein Bewusstsein die Assoziation von einem Bogenvisier, das ins Ziel geht.

Ich fuhr hoch. Noch während die Mastspitze über den leuchtenden Fleck strich, rutschten die ungeordneten Bilder in meinem Kopf zusammen wie ein glitzerndes Kaleidoskop und fügten sich zu einem Ganzen. Noch kamen das Denken, die Erinnerung nicht nach, doch schon ahnte ich die Lösung in mir und dann war sie da: Die Zeichnung – Mann und Pferd auf der Wellenlinie!

Es war Erhards Nachricht für mich; die bildhafte Umsetzung eines alten japanischen Sprichwortes, das nun in Erhards Deutung zu einer selbstbewussten Botschaft wurde:

„Wer den Bogen recht zu spannen versteht,
kann auch über das Wasser reiten!"

War ihm die Probe notwendig geworden – der Ritt über das Wasser – als der Beweis des rechten Bogenspannes?
Oder war er so sicher, dass ihm das Eine nicht schwieriger schien, als das Andere?
Oder war es vielmehr ein spontaner Einfall, augenzwinkernde, schulterklopfende Beschwichtigung: „Mach Dir keine Sorgen, es wird schon gut gehen."
Ich wusste es nicht. Sicher war ich nur, dass ich nun Weg und Ziel seiner Reise kannte.
Steifbeinig stand ich auf, trat zurück auf den Weg.
Der Wind schob mich vorwärts, zwischen dem dürren Blättergeraschel des Sanddorns hindurch unter die unruhig tanzenden Schatten der Kiefernbäume und nach und nach erstarb das Geräusch der stürzenden Wellen am Strand in meinen Ohren.

31

Als ich den Wald verließ, ohne bei meinem Rückweg irgendwelche Einzelheiten wahrzunehmen, als die lichter werdenden Stämme den Blick über Dorf und Bodden freigaben, hatten sich die wesentlichen Teile meiner scheinbar zusammenhanglosen Funde zu einem logischen Ganzen gefügt:
Das Buch über Tauchboote, die Wassergrube im Schuppen und die badewannenähnliche Form im Schuppen – wahrscheinlich die Negativform des Bootskörpers.
Der Teufel mochte wissen, was Erhard dazu veranlasst hatte, der Republik auf eine so komplizierte Weise den Rücken zu kehren. Schließlich hätten es auch Schlauchboot und Luftmatratze getan, wenn es nicht mehr auszuhalten war.
Aber genau das war die neue Frage, die in meinem Kopf zu bohren begann: Gab es denn etwas, das er nicht mehr ausgehalten hatte? Was war denn eigentlich der Grund für sein im ursprünglichsten Wortsinn zu verstehendes Untertauchen?
Wenn ich seinen Weg zurück verfolgte, ließ sich so etwas wie die Etappen eines schrittweise vollzogenen Aussteigens erkennen. Aber ich konnte nicht glauben, dass dieser Entschluss durch Erhard von Anfang an geplant war. Alles sprach dagegen – vor allem aber das Haus dort unten auf dem Hügel, das nun kalt und leer unter mir lag.
Nein, was immer ihn getrieben haben mochte – es war keine überstürzte Flucht gewesen.
Ich hatte Zeit, die nunmehr zusammengehörenden Teile seiner Fahrt ins Ungewisse zu ordnen. Aber es schien dringlicher, mir Klarheit über die Motive seines Entschlusses zu verschaffen.
Und die mussten weiter zurück liegen.

Noch immer wie betäubt von einer beklemmenden Vision setzte ich mich auf einen graurissigen Wurzelstumpf, ein paar Schritte seitlich des Weges. Ich hätte sonst etwas für eine Zigarette gegeben, aber die Schachtel war leer.

So schob ich mir eine Kiefernnadel zwischen die Zähne und versuchte, meine Gedanken zu ordnen.

32

Nach dem zweiten Sommer auf der Insel war mir die Rückkehr nach Berlin noch schwerer gefallen. Nicht nur, dass mir abends die Füße schmerzten vom Beton der Straßen, nachdem ich drei Wochen lang barfuss gelaufen war auf Sand und Rasen; nicht nur, dass die Linden ihre gelb werdenden Blätter abzuwerfen begannen in der Allee.
Immer noch war das bunte kleine Büro der Scandinavian Airlines glänzend sauber und leer und ich fragte mich, für wen wohl die riesigen Farbfotos und exotischen Exponate in den Schaufenstern warben. Niemals hatte ich auch nur einen Menschen vor oder hinter dem kleinen Tresen gesehen.
An dem Mini-Cooper vor der britischen Botschaft klebte schief ein ovaler Sticker mit der Aufschrift „My other car is a Porsche!", aber das war das einzig Komische auf meinem Weg zur Arbeit.
Hinter der Heckscheibe des himmelblauen Lada vor dem Zentralrat lagen auf den beiden dicken Sofakissen säuberlich ausgebreitet zwei FDJ-Wimpel, der Rand mit Goldborte eingefasst. Aber außer mir schien niemand darauf zu achten. Auch die Schlange vor dem Exquisitladen war ewig die Gleiche oder zumindest schienen die jungen Frauen alle einen ähnlichen Zug von bemühter Langeweile im Gesicht zu tragen.

So trottete ich missmutig die Straße entlang, froh, keinen meiner Kollegen zu begegnen. Auf meinem Zeichenbrett lag unter einem dünnen Häufchen Post der Lageplan des neuen Wohngebietes, angeheftet der Zettel meines Brigadeleiters mit dem Vermerk „bitte Rücksprache".
Als ich die Lichtpause auffaltete, fand ich erwartungsgemäß unser kulturelles Zentrum gestrichen und stand eine halbe

Stunde später zum vierten Male vor der Aufgabe, aus Kaufhalle, Schule und Kindergarten ein „städtebauliches Ensemble" zu machen. Nichts von Reserveflächen für eine spätere Investition, von weiterer Verdichtung war die Rede gewesen, von der Einhaltung der Normative.
Als mir nichts einfallen wollte, suchte ich meine alten Skizzen wieder hervor. Aber außer neuen Vorschlägen für die Fassadenfarben war hier nichts mehr zu machen.

Eigentlich wollte ich im Kombinat nur die neuen Typenkataloge der überarbeiteten Kaufhalle abholen, aber vor der Kantine traf ich zufällig einen der Kollegen, mit denen Erhard zusammen am Palast gearbeitet hatte. Nach der üblichen Frage über die Herkunft meiner Urlaubsbräune kamen wir sofort auf Erhard und bei einer Tasse Kaffee hatte ich dann eine ganze Menge über sein kurzes Gastspiel im Kombinat erfahren.
Er war – um ein Wort seines ehemaligen Chefs zu verwenden – nicht „einordenbar" gewesen in die von „Ordnung, Disziplin und Sauberkeit" bestimmte Hierarchie des Kombinats. Er hatte sich nicht offen widersetzt – aber er hatte sich ihr stillschweigend entzogen. Zwar saß er manchmal nächtelang in seinem kleinen Arbeitsraum oben unter dem Dach, aber dann kam er gelegentlich auch erst am Mittag zur Arbeit.
Als es in die Endphase der Arbeit an der Beleuchtungskonzeption ging, war er zwei Wochen lang unauffindbar. Als er wieder erschien, hatte er in einem Pappkarton die fertige Lösung mitgebracht: Das Modell des Verbindungselementes der Gitterleuchten. Wortlos baute er es am nächsten Tage vor dem Manne auf, in dessen Händen dieses größte Bauvorhaben der Republik lag, legte die Zeichnungen daneben, fertig durchkonstruiert und jeden Krümmungsradius bemessen. Er erläuterte knapp die technologische Konzeption, setzte sich in seinen Stuhl zurück und wartete.

Es wusste niemand, ob sein Erscheinen am Tage der Entscheidung ein Trick gewesen war, denn nun stand überraschend der durch den Leuchtenbaubetrieb vorgeschlagenen Lösung eine Variante gegenüber, die nicht nur konstruktiv besser, sondern vor allem gestalterisch perfekt war.
Jedenfalls traf der große alte Mann seine Entscheidung zugunsten von Erhards Gipsmodellen und Zeichnungen und trotz des anfänglichen Widerstandes der Leute vom Leuchtenkombinat, die ganze Teile ihrer Kollektion im Originalmaterial vorgelegt hatten.
„Könnt ihr das machen", war seine entscheidende Frage gewesen. Sie hatten es zugegeben und waren schließlich voll eingestiegen auf Erhards Lösung und es war eine runde Sache geworden.

Unmittelbar darauf hatte es einen Zwischenfall gegeben. In Erhards Abwesenheit hatte sein Gruppenleiter das leerstehende Zimmer aufräumen und bei der Gelegenheit einen Karton mit Erhards Farbkartei als vermeintliche Abfälle fortwerfen lassen. Als er davon erfuhr, schlug Erhard ihm wortlos die Faust ins Gesicht, mit dem Ergebnis, dass der Gruppenleiter vierzehn Tage lang mit einem blauen Auge durch das Kombinat lief. Es war nicht zu erfahren gewesen, ob die Sache ein Nachspiel hatte.
Die Arbeit am Leuchtenprogramm verlief danach reibungslos und alle Termine wurden eingehalten. Etwas Anderes zählte nicht in jener Zeit.
Die kleine Gruppe der „Konsultanten" – erfahrene Architekten aus anderen Bezirken, die so etwas wie einen künstlerischen Beirat darstellen sollten – wurde von Erhard ignoriert, nachdem sie ihn vergeblich zu überzeugen versucht hatten, seine verchromten Gitternetze mit den großen Glaskugeln durch bunte Kristallprismen zu verschönern. Die Leuchten waren ihnen zu nüchtern; sie sollten „farbig funkeln wie das

Geschmeide einer Frau“. Er lasse sich seine Gestaltung nicht durch diese Typen verklunkern, war sein ganzer Kommentar.

Bald danach war die feierliche Übergabe des Hauses erfolgt, an dessen Glanz Erhard im wahrsten Sinne des Wortes einen wichtigen Anteil hatte. Aber die Zeitungen, die seitenlang die Namen derer nannten, die mit Orden bedacht wurden, enthielten seinen Namen nicht. Statt dessen erhielt der Abteilungsleiter des Leuchtenbaubetriebcs, der Erhards Entwicklung in die Produktion überleitete, die hohe Auszeichnung. Dazu hatte Erhard noch geschwiegen. Aber in den nächsten Tagen wurde ihm immer wieder die Frage gestellt, ob die Lösung denn wirklich von ihm stamme, weil er doch nicht zu den Ausgezeichneten gehöre.

Es musste ihn tiefer getroffen haben, als er jemals zugegeben hatte. Für ihn war der etwas ungleichmäßig ausgefallene Ordenssegen keineswegs Ausdruck einer realen Bewertung seiner Leistungen. Was sich da darstellte als das Vorenthalten der „gesellschaftlichen Anerkennung“ war ja gar nicht die Entscheidung einer anonymen Gesellschaft, sondern die einer namentlich nicht zu greifenden Gruppe im Kombinat gewesen, die über Wert und Würdigkeit jedes Einzelnen befunden hatte. Nein – es war nicht primär die Tatsache, dass er nicht genannt wurde, sondern vielmehr der daraus entstehende Zweifel am Wert seiner Leistung, der ihn verletzte.
Auf seine Reaktion befragt, hatte er die Achseln gezuckt, jeden Protest für sinnlos und als Zeitverschwendung erklärt.

Was ich noch nicht wusste, war eine Geschichte, die letztlich auf dasselbe hinauslief. Die letzten Monate im Kombinat hatte er am Vorhaben einer Sonderschule mitgearbeitet, aber vor Fertigstellung des Gebäudes den Betrieb verlassen, um sich freiberuflich als Formgestalter zu versuchen.

Die Veröffentlichung in der Architekturzeitschrift, die noch vor seinem Austritt aus dem Kombinat erschien, nannte seinen Namen unter den Mitgliedern des Entwurfskollektivs.
Aber als die gleiche Zeitschrift einige Zeit später die Schule mit einem Architekturpreis auszeichnete, erfuhr er erst ein halbes Jahr später davon.
Wieder war die Namensliste der Preisträger vom Kombinat eingereicht worden; die Redaktion berief sich darauf und auf eine Entscheidung „unter Ausschluss des Rechtsweges".

Ich glaubte Erhard genug zu kennen, um zu wissen, dass er damit für jede Art von kollektiver Arbeit endgültig verloren war. Was an diesem Einzelgänger jemals zu entwickeln gewesen war in Hinsicht auf Zusammenarbeit in einer Gruppe – es musste ihm endgültig verleidet worden sein. Was immer er von jetzt an tat, war bestimmt von dem Aspekt, es allein zu tun. Kein Mensch sollte jemals wieder eine Möglichkeit haben, „seine Arbeit kaputt zu machen" – und noch viel weniger sich dafür einen Orden anstecken können.
Ich hatte den Mann kaum unterbrochen in seinem Bericht, bis er schließlich auf die Uhr sah und sich mit Hinweis auf einen Termin etwas überstürzt verabschiedete.

33

Es hatte alles gepasst. Wenn ich mir überlegte, wie schwierig es für einen Formgestalter war, an wirklich interessante Aufträge heranzukommen, hatte ich mir den Schluss schnell zusammengereimt.
Wenn er nicht so etwas wie eine Marktlücke entdeckt hätte, wäre ihm bei seiner Veranlagung wohl höchstens der Abstieg ins Kunstgewerbe übrig geblieben.
So mochte er über das Bogenschießen zum Bogenbauen gekommen sein, mit der begründeten Aussicht auf Erfolg. Aber irgendetwas musste auch daran falsch gelaufen sein. War es die Erkenntnis, dass er noch zu jung war für einen beschaulichen Lebensabend unter einem Schilfdach auf einer Ostseeinsel? Es schien mir undenkbar, dass er einmal gefasste Entschlüsse soweit korrigieren würde, dass sie einer völligen Umkehr gleichkamen.
Erhard in einem Büro? Mit Terminen, Normativen und Standards befasst, von Chefs kontrolliert und ohne die Möglichkeit, unmittelbaren Einfluss auf die Realisierung zu nehmen? Undenkbar!
Aber konnte es denn im Grunde etwas Anderes sein, als das Bedürfnis, gebraucht zu werden? Ich jedenfalls konnte mir niemanden vorstellen, der sich völlig selbst genügte. Und wenn sonst nichts weiter, so mochten die drei Winter auf der Insel genügt haben, um das zu begreifen.
Was könnte ich wohl sagen, wenn mich jemand nach charakteristischen Eigenschaften Erhards befragen würde?
Wichtig schien mir eine auf den ersten Blick widersprüchliche Mischung von Selbstbewusstsein und Verletzlichkeit, soweit es um seine Arbeit ging.

Ich konnte nicht beurteilen, was ihn während seiner Zeit im Kombinat gestört hatte: Die Versuche, ihm in seine Arbeit hineinzureden, oder die fehlende Anerkennung, die letztendlich mit Sicherheit auf seine Reaktionen zurückzuführen waren.
Sicher besaß er gegenüber den ihm übertragenen Aufgaben ein hohes Verantwortungsbewusstsein, und alles was er tat, trug den Stempel der Perfektion. Das unerschütterliche Bewusstsein, seine Sache richtig gemacht zu haben, veranlasste ihn dann wohl auch zu den Überreaktionen bei Kritik.
Er ertrug es nicht, wenn seinen, wie er meinte, fundierten Gestaltungskonzeptionen, modische oder tradierte stilistische Einwände oder subjektive Geschmacksvorstellungen entgegengestellt wurden. Regelrecht ausrasten konnte er, wenn sie aber kraft hierarchischer Ordnung gegen seinen Willen durchgesetzt wurden. Vielleicht nicht ganz zu unrecht unterstellte er die Absicht, dass die Kritiker mit der Durchsetzung eigener Vorstellungen und Veränderungen ihre Anteile an der Entwicklung moralisch zu rechtfertigen suchten. Ich verstand nur zu gut seinen Zorn auf eine Besserwisserei, die auf dem Dienstwege durchgesetzt wurde – war mir doch selbst anfänglich seine Argumentation mit den Begriffen der Wahrnehmungspsychologie unverständlich geblieben.
Mich hatten seine Ergebnisse überzeugt – und nicht die für Architekten weitgehend unbekannten oder doch unüblichen Termini der Designer. Konfliktstoff war da sicher genug gewesen.
Schließlich war es nicht nur um die Kritik der Architekten an seiner Arbeit gegangen. Auch Erhard hatte mit seinem Missfallen an einigen Lösungen nicht hinter dem Berg gehalten.

Als der große Saal vor der Fertigstellung stand und auf den Flächen des schwenkbaren Parketts die fünftausend Sitzplätze montiert waren, als die schrankgroßen Lautsprecherboxen

schiefwinklig von der Saaldecke hingen, die Eidophorbildwand installiert wurde und sich damit akustisches und visuelles Erleben nur durch elektronische Hilfsmittel verstärkt und vergrößert als wahrnehmbar erwiesen, da hatte er sich wohl auch an der falschen Stelle abfällig geäußert über eine Gigantomanie, die das Gegenteil eines gemeinschaftlichen Kulturerlebnisses bewirke.
Zählte man das alles zusammen mit einer Veranlagung, die wohl schon immer ins Persönliche und Besondere zielte, dann konnte wohl schon weniger genügen, einen Mann wie Erhard zu verprellen.
Ich wusste noch immer nicht, was mich veranlasste, an die gradlinige Fortsetzung einer Entwicklung zu glauben, an deren Ende eine Reise ins Ungewisse stand.
Bevor ich mich hier auf Spekulationen einließ, musste ich versuchen, weitere Aufschlüsse zu finden.

34

Es fiel mir schwer, aufzustehen von meinem windgeschützten Sitzplatz, auf den die wärmenden Strahlen der Märzsonne fielen. Noch wollte ich eine Weile hier sitzen bleiben, das angenehme Brennen auf der Gesichtshaut verspüren und über das mittagsstille Dorf über den Bodden hinwegschauen, bis hinüber nach Rügen, wo ich die weißgesäumten Wellenkämme als unruhig bewegte helle Konturen gegen die fernen Ufer laufen sah.
Von den Kiefernnadeln, die ich zerbissen hatte, war ein bitterer Geschmack geblieben und ein stumpfes Gefühl zwischen den Zähnen. Ich wollte mir alles einprägen, was ich um mich herum sah; aber es blieben nur einzelne Bilder und sie drangen nicht in mich ein.
Ich registrierte Wind und Sonne, Farben und Gerüche, Wärme und Feuchte, doch es wurde kein Ganzes daraus.
So stand ich schließlich doch missmutig auf, ging zurück auf den Weg, der in mehrfacher Windung dem steiler werdenden Hang folgte, hinter kahlen Büschen und dürrem Gesträuch entlang, wieder hinauf bis in den Schatten des Hauses und schließlich zurück über den Hof und durch das Küchenfenster, hinein in das kalte und leere Haus.

Aus der hohlen Hand trank ich das eiskalte Wasser aus der Leitung, um die taube Bitterkeit der Kiefernnadeln von der Zunge zu spülen. Aber erst ein Stück Brot vertrieb den harzigen Geschmack zwischen den Zähnen.
Als ich die Treppe hinaufstieg, befiel mich zum ersten Male das Gefühl eines endgültigen Abschiednehmens. Aber was half es – damit war zu rechnen gewesen. Ich suchte die letzte Schachtel Zigaretten aus meiner Tasche, schob den Heizofen

neben das Bett. In aller Ruhe wollte ich sortieren, was ich wusste.
Der Wind musste gedreht haben; die schweren Falten des Friesvorhanges am Giebel bewegten sich lautlos und der Rauch der Zigarette zog stetig in Richtung zum Gaubenfenster, bevor er sich auflöste und verschwand.
Das Prickeln der Haut im Gesicht war angenehm und der Gedanke an Wind und Sonne rief das Bild der See zurück, die Nadelspitze des Mastes vor dem weißen Fleck der fernen Insel. Wem könnte ich diese Geschichte erzählen, ohne mir den Vorwurf metaphysischen Unfugs machen zu lassen?
Immerhin war eine ganz bestimmte Konstellation notwendig gewesen – dieser eine Punkt auf der Steilküste, an dem ich saß, die Mastspitze des Bootes und die Insel Moen am Horizont mussten exakt in einer Linie liegen, um für den Bruchteil einer Sekunde die bewusste Assoziation auszulösen, die der Schlüssel für meine Fragen war.
Was hatte mich veranlasst, gerade zu diesem Zeitpunkt das Haus zu veranlassen und ausgerechnet zu diesem einen Fleck zu laufen, an dem mich die Lösung erwartete? Ich weigerte mich, den Gedanken zu Ende zu führen; er ließ sich nicht verdrängen. Es war die Lösung selbst, die mich dort erwartet hatte. An eben diesem Ort und zu eben dieser Zeit. So ließ ich es dabei, versuchte wieder, weiter zurückzugehen.

Hatte es Anzeichen einer Veränderung gegeben, die ich übersehen hatte? Ich hatte mir angewöhnt, Erhards Verhalten kritiklos hinzunehmen, mich aller Vergleiche zu enthalten. Vielleicht war es nicht immer aufrichtig von mir gewesen, war meine Haltung unbewusst bestimmt gewesen von dem Wunsch, jeden nur möglichen Konflikt zu vermeiden. Immerhin hatte ich ehrlich gemeint, in dieser Absicht mit ihm übereinzustimmen. Und doch – Einiges war anders gewesen im dritten Jahr.

Nicht nur, dass es ein stillerer Sommer war, ein Kindersommer, freundlich und warm, über dessen Himmel nur manchmal rundliche Bilderbuchwolken zogen; nicht nur, dass Erhard nach einer Woche abreiste. Er überließ mir außer Schlüssel und Haus auch seinen eigenen Bogen. Alles in Allem war ich in diesem Sommer nicht mehr und nicht weniger allein als sonst. Aber das war es auch gar nicht, denn genau genommen ist Alleinsein nie eine Belastung für mich gewesen.

Ich schoss besser in diesem Jahr, als jemals davor und danach. Bevor Erhard abfuhr, hatte er mir noch etwas gesagt, das mir als das Wichtigste erschien, das ich bisher über das Bogenschießen erfahren hatte.

Ich hatte die Erfahrung vieler Bogenschützen machen müssen, dass ich oft im Training besser war, als im Wettkampf.

Es war mir klar, dass ich viel besser schießen würde, wenn ich nicht nervös wäre.

Eigentlich hatte ich von ihm keine Ratschläge für mein Problem erwartet. Umso überraschender war für mich seine Antwort, die er nach einigem Zögern formulierte; nicht gerade widerwillig, aber doch offensichtlich bemüht, mir etwas Besonderes verständlich zu machen.

„Ich habe Dir schon zu Anfang zu erklären versucht, dass Bogenschießen keine Frage der Kraft ist. Inzwischen weißt Du selber, dass Du den Bogen entsprechend Deiner Kraft auswählen und durch regelmäßiges Training auch Deine körperliche Kondition steigern kannst. Nur eben ...“ und wieder dieses Zögern, ...“nur eben sind weder Kondition noch eine gute Technik allein ausreichend. Oder vielmehr sollten sie uns nicht ausreichend sein.“

„Fang mir jetzt bloß nicht mit Deiner subjektiven Gewissheit nach Kant an“, sagte ich.

Er lachte. „So weit sind wir noch lange nicht. Aber davor liegt noch etwas Anderes.

Ich meine so etwas wie eine geistige Haltung oder vielmehr Einstellung."
Er machte eine Pause, sah mich an, wartete wohl auf Widerspruch. Aber ich schwieg. So sprach er weiter.
„Eigentlich müsstest Du von selbst darauf kommen. Du bist nervös, weil Du unbedingt gut sein willst; weil Du die Anderen beobachtest, die vielleicht zehn Ringe mehr haben als Du. Weil Du zuviel denkst und weil Du Falsches denkst. Versuche doch mal, gar nicht zu denken. Du glaubst, ich bin deshalb ein besserer Bogenschütze, weil ich innerlich ruhiger bin?"
Er machte eine Pause.
Ich zuckte die Achseln: „Na, was denn sonst?"
„Du wirst lachen," sagte er, „ich bin innerlich so ruhig nur, **w e i l** ich das Bogenschießen übe."
„Ich wüsste nicht, warum ich da lachen sollte – Du wirst beim Bogenschießen also ruhig, und ich werde nervös. Aber wieso eigentlich?"
„Weil Du über die verdammte Scheibe und Deine Ringzahlen hinaus denken musst. Weil Dein Ziel ein inneres sein muss und nicht die Bogenscheibe. Versuche doch einmal wirklich, beim Bogenschießen an gar nichts zu denken. Benutze Deinen Atemrhythmus als Mittel der Beruhigung."
„Meinst Du so was wie autogenes Training?" langsam begann ich zu begreifen, was er meinte.
„Wenn es Dir das leichter macht?" Er schien ein wenig enttäuscht über meine Skepsis.
„Also meinetwegen nenne es autogenes Training. Aber eigentlich brauchst Du nur zu vergessen, weshalb und dass Du überhaupt da bist. Als ob Du eben nur so spielst mit Pfeil und Bogen, so wie morgens unter der Birke."
„Und Du meinst, dass ich das auch erreichen kann?"
„Du musst es sogar," meinte Erhard, „wenn Du jemals über das Normalmaß als Bogenschütze hinaus kommen willst."
„Also muss ich so tun, als ob ich spiele, wenn es ernst wird,

und nicht ruhig werden, um Bogenschießen zu können, sondern Bogenschiessen, um ruhig zu werden."
Meine Paradoxa beeindruckten ihn überhaupt nicht; er nickte und sagte völlig ernst: „Genau!"
Später als ich begriffen hatte, worum es ging, als ich diesen schwer zu beschreibenden Zustand der Selbstvergessenheit zeitweilig erlebte und mehr und mehr zu wiederholen verstand – noch lange nicht für die Dauer eines Turniers, aber immerhin als bewusst hervorgerufenes Erleben des Abbaues innerer Spannung – später verstand ich dann auch, was er gemeint hatte, als er mir das japanische Sprichwort erklärte:

„Meister des Bogenschießens ist erst,
wer mit dem Horn des Hasen als Bogen
und dem Haar der Schildkröte als Pfeil
zu schießen versteht.

Da es weder gehörnte Hasen noch haarige Schildkröten gibt, bedeutet es nichts weiter, als dass ein Meister auch ohne Bogen und Pfeile zu schießen versteht.
Und das wiederum heißt, das Bogenschießen im Geist zu betreiben. Aber mit einer solchen intensiven Vorstellungskraft, dass sich dieser Zustand wie von selbst einstellt.
Das eben ist es, was über das Bogenschießen selbst hinausführt, denn wer diesen Zustand einmal erlebt hat, der möchte ihn wieder und wieder erfahren."

35

Vielleicht war das das Wichtigste, was ich überhaupt von Erhard über das Bogenschießen lernte, denn was ich anfangs nur im Training versuchte, konnte ich später von Zeit zu Zeit auch anwenden, wenn mir im Büro die Probleme über den Kopf wuchsen. Es klappte nicht immer, aber manchmal war die Vorstellung intensiv genug.
Ich dachte dann nicht an irgendwelche Bilder, es waren keine Erinnerungen oder Gefühle, die ich hervorzurufen versuchte – nein es war ganz einfach die Vorstellung des Bogengriffes in meiner Hand, die Empfindung von Heben, Spannen und Zielen zwischen drei ruhigen Atemzügen, die Vision vom Punkt, der ins Ziel wandert und endlich vom Schuss, der sich wie von selbst auslöst und ins Ziel trifft.

Es war, als könnte ich da etwas in Ordnung bringen; es war eine ähnliche Empfindung, als hätte ich ein Problem gelöst und abgeschlossen. Zurück blieb eine Empfindung von Ruhe und Zuversicht – die Sicherheit, auch mit meinen anderen Aufgaben fertig zu werden.
Das war die dritte Komponente, die mir bisher gefehlt hatte – neben Technik und Kondition, von denen ich das Meiste erhofft hatte.
Aber es war gleichzeitig noch etwas Anderes, als die psychische Einstellung zum Wettkampf, weil es Leistungen ermöglichte, indem es scheinbar von der Leistung als Ziel wegführte. Es lag wohl auch daran, dass selbst im Mannschaftsturnier beim Bogenschießen eigentlich jeder nur sich selbst zum Gegner hat.

Es muss der Abend vor Erhards Abreise gewesen sein. Ein Abend in diesem Sommer, in dem alles leicht und gelöst schien, in dem die unveränderte Aufeinanderfolge der stillen Tage in mir ein inneres Gleichmaß bewirkte, das frei war von der Sorge vor dem nächsten Tag.

An die spielerische Leichtigkeit, mit der ich Erhards Bogen spannte, mit der die blanken Pfeilschäfte blitzend über das dunkler werdende Grün des Hanges zur Scheibe flogen, erinnerte ich mich genau als an einen Zustand völliger Gelöstheit.

Vor mir im Gras, den Rücken zur Scheibe, die Arme um die Knie gelegt, hockte Erhard, kopfnickend von Zeit zu Zeit meine Schüsse mit kurzen Bemerkungen kommentierend. Zuerst gab ich kaum Acht auf das, was er sagte. Mit einem dumpfen „Plopp“ fuhr der Pfeil in die Scheibe.

„Neun“, sagte Erhard gleichmütig. Ohne sich umzuwenden, riss er einen Grashalm aus und schob ihn zwischen die Zähne. Im flachen Licht der untergehenden Sonne zeigte der scharfgezeichnete schwarze Schatten des Pfeilschaftes tatsächlich ins Gelb – ob Neun oder Zehn konnte ich nicht erkennen. Kopfschüttelnd nockte ich den nächsten Pfeil, schickt ihn dem ersten nach. Diesmal kam kein Kommentar. Beim dritten schien ich etwas hoch abgekommen zu sein.

Wie zur Bestätigung legte Erhard den Kopf schief, grinste hoch:

„Knappe Acht, eh?“

Wir gingen die Pfeile holen. Es waren zwei Neunen und der letzte Pfeil war tatsächlich eine Acht.

Erhard lachte, als er mein betroffenes Gesicht sah:

„Ich höre es am Klang, wo die Pfeile ankommen. Je dumpfer der Treffer klingt, umso besser sitzt er in der Scheibe. Das ist alles. Im übrigen hätten es auch alles Zehner sein können. So genau kann ich es auch nicht unterscheiden. Alles klar?“

„So ziemlich,“ sagte ich und fand es blöd, nicht selbst darauf gekommen zu sein.

36

Mir war kalt geworden und ich zog mir die Decke über die Schultern. Erst als ich die Hände über den Heizofen hielt, merkte ich, dass ich vergessen hatte, ihn einzuschalten.
Der Schalter schnappte zweimal auf die höchste Stufe und mit dem Widerschein der roten Glühfäden begann die warme Luft flimmernd zwischen den beiden Heizplatten aufzusteigen. Da hatte ich Wärme – zweimal sichtbar, aber die Kälte saß tiefer in mir.
Nachdem das plötzliche Aufleuchten der Erkenntnis vorbei war, als ich noch einmal einen Faden gespannt glaubte zwischen Erhard und mir, über das Wasser hinweg von dieser Insel hier zu der anderen vor dem grauen Horizont – seitdem begann ich zu wünschen, ich wäre nicht gekommen. Und das war nicht so sehr der Gedanke daran, dass es das letzte Mal gewesen war und auch nicht der, dass ich von allem nichts gewusst hatte.
Langsam wurde mir klar, dass mir nicht nur kalt war, weil ich den Heizofen vergessen hatte. Da war auch eine Kälte, die kam von innen, und die hieß Mitwisserschaft, und als nun ein Windstoß an der verschlossenen Haustür rüttelte, wurde mir unbehaglich.
Die Decke um die Schultern ging ich ans Fenster. Bleigraue Wolken zogen von Westen her über den Bodden, verdrängten das letzte Blau über dem Horizont. Noch lag ein ferner Lichtschein über der offenen See, aber auch er erlosch, als der erste Regenschauer hart gegen die Scheibe sprühte.
Ich stand und starrte hinaus, bis der staubfarbene Weg sich zu dunkeln begann unter der Nässe und die ersten Pfützen sich sammelten in den ausgefahrenen Furchen.

Falls man mich hier erwischte, war es vermutlich ohne Bedeutung, ob ich nun vorher von Erhards Flucht gewusst hatte, oder sie erst hier entdeckt hatte. Es würde wohl kaum zu beweisen sein. Wer sagte mir, dass nicht Andere längst Bescheid wussten, dass das Haus auf dem Hügel beobachtet wurde seit Wochen? Ein eisiger Hauch zog mir den Rücken hinauf und spannte schmerzhaft die Kopfhaut.
Aber nun steckte ich einmal mittendrin in dieser Geschichte, und wenn sie schief ging, dann war es gleichgültig, was ich davon wusste und wann ich es erfahren hatte.
So zog ich wieder den Pullover über, nahm die Stablampe aus der Tasche und ging die Treppe hinunter und in die Küche.
Der Regen fiel gleichmäßig und dicht, als ich das Fenster öffnete und in den Hof sprang. Bis ich die Tür zum Schuppen aufgeschlossen hatte, lief mir das Wasser aus dem Haar ins Genick. Fluchend zog ich die Tür hinter mir zu und schaltete die Lampe ein. Ihr Schein fiel spiegelnd auf die unbewegte schwarze Wasserfläche der rechteckigen Grube. Die Eisscholle war geschmolzen und hellgraue parallele Schmutzstreifen auf der schwarzen Plastikfolie des Beckens zeigten den durch Verdunstung gesunkenen Wasserstand an.
Über den flachen Erdwall zwischen Hauswand und Becken ging ich zur Rückseite des Schuppens und hockte mich vor die große Schale, die aussah wie eine flache Badewanne. Breiter als hoch und knapp drei Meter lang lehnte sie schief gegen die Schuppenwand und glänzte speckig im Schein meiner Lampe. Als ich mit dem Finger darüber wischte, blieb schmieriges Fett daran haften. Es war Paraffin, das Trennmittel der Matrize, denn das hier war die Negativform des Bootes. Oder besser, die eine Hälfte davon.
Abgesehen von einer halbkreisförmigen daumendicken Nut am flach auslaufenden Ende – wahrscheinlich der Führung für Ruder oder Schraubenwelle – war die Form auf der Innenseite regelmäßig und glatt, wie geschliffen. Von der Urform,

auf der die Matrize hergestellt war, konnte ich keine Spur entdecken. Die Form war aus glasfaserverstärktem Kunstharz in mehreren Lagen hergestellt und ich fragte mich, ob ich hier die obere oder die untere Seite des Bootes vor mir hatte.
Das Becken war etwa einen Meter länger und breiter als die Schale. Hier musste Erhard das fertige Boot auf Dichtheit geprüft, vielleicht den Ballast ermittelt oder den Antrieb erprobt haben.
Ein dünner Wasserfaden lief am Giebelsparren entlang, riss an seiner Unterseite ab und begann in stetiger Folge, Tropfen in die flache Wanne fallen zu lassen. In der Ecke stand Gartengerät. Ich suchte die Harke mit dem langen Stiel, ließ sie langsam ins Wasser gleiten und fuhr auf dem Grund des Bekkens entlang. Der Boden war glatt, eben und fest unter dem Wasserdruck, aber ich fand nichts als eine leere Konservendose. Quirlende Wolken von grauem Schlamm stiegen auf und trübten die schwarze Fläche. Nichts.
Ich stellt die Harke in die Ecke, leuchtete alle Winkel ab, aber außer den leeren Plastikkanistern und der Rolle mit dem groben Glasfasergewebe fand ich nichts. So ging ich zurück zur Tür, vorbei an dem schwarzen Wasserloch, das so grundlos aussah, als führte ein Schacht bis hinunter zum Wasserspiegel der See.
Noch immer fiel der Regen, dünn, stetig und dicht aus einer tiefen Wolkendecke, deren grauer Dunst bis auf die Hügel hinabzureichen schien.
Als ich die Tür einen Spalt breit öffnete, versperrte das Haus den Blick auf den Weg. Aber es schien mir kein Wetter für Sonntagsspaziergänger zu sein. So ging ich hinaus, ließ das Schloss einschnappen und legte den Schlüssel zurück auf den Sparren. Als ich das Küchenfenster schloss, begannen meine Fußspuren im aufgeweichten Boden des Hofes schon wieder unter dem Tropfenfall zu verschwimmen.

Überraschendes hatte ich nicht mehr gefunden. Mir war, als fügte ich letzte Teile eines Puzzles zusammen, dessen fertiges Bild ich kannte. Die Lösung war vorweggenommen, es ging nur noch um den formalen Abschluss.
Zurückgekehrt ins inzwischen angenehm durchgewärmte Dachzimmer, blätterte ich dann bei einer Zigarette in dem Buch, das ich im Regal gefunden und auf den Zeichentisch gelegt hatte. Die Seite, in der das Lesezeichen steckte, zeigte die Schnittzeichnung eines Bootes.
Ein aufrechtsitzender Mann verdeutlichte den Maßstab: In Schulterhöhe saß etwa im hinteren Drittel auf dem Bootskörper eine halbrunde Kuppel aus durchsichtigem Material, und als ich nun den Prospekt mit den Oberlichtkuppeln zur Hand nahm, da schien mir die Größe des angekreuzten Modells auf die Schale im Schuppen zu passen. Die Größe mochte in etwa stimmen, aber die Form schien mir stark verändert.
So etwas zu bauen, war nicht möglich ohne präzise Konstruktionszeichnungen. Ob Erhard sie aufgehoben hatte? Von den beiden Zeichnungsrollen im Regal hatte ich nur die eine geöffnet, in der ich die Messkurven der Bogenarme fand. Als ich die andere nahm, den Deckel abzog, verklemmte ein eng gerollter Skizzenblock die wenigen großen Bögen aus Transparentpapier. Ich glättete den Block, der seine gerollte Form nicht aufgeben wollte, über der Tischkante. Handskizzen und Bezeichnungen bedeckten die Seiten. Ein roter Kreis, mit dikkem Filzstift gezogen um einen schematischen Querschnitt, schien die Lösung des Problems zu bedeuten: Spiegelbildlich symmetrisch zu einer horizontalen Achse zwei Schalen, die im Schnitt der Matrize im Schuppen entsprach.
Jetzt wurde mir klar, warum die zweite Form fehlte: Obere und untere Hälfte waren gleich, die Öffnung für die Kuppel hatte er wohl nachträglich eingeschnitten. Ich rollte die Zeichnungen auf. Längs- und Querschnitt waren in großem Maßstab gezeichnet, beide Hälften waren anscheinend mit einem

handbreiten umlaufenden Streifen verklebt.
Das Ganze erinnerte verzweifelt an eine Nussschale, wenn ich auch wusste, welche Stabilität einerseits das Material – fünf Lagen glasfaserverstärkten Polyesterharzes – und andererseits die Schalenform verbürgten.
Ein Tiefenruder fehlte merkwürdigerweise, während das Ruderblatt verhältnismäßig groß erschien. So etwas wie eine Fußsteuerung mit Pedalen glaubte ich auch zu erkennen.
Ein Schnorchelrohr hinter der Kuppel ragte etwa einen halben Meter über die Deckschale, in einem Halbkreis nach unten abgebogen.
Und dann sah ich auch die dünne Linie, die den Wasserspiegel darstellen sollte. Sie reichte bis knapp über den Bootskörper, so dass die Kuppel wie eine Seifenblase auf dem Wasser zu schwimmen schien. Ein Tauchboot war das also gar nicht – eher ein Boot, dessen Rumpf unter Wasser schwamm.
Natürlich – damit entfiel die ganze Technik für Tauchtanks und Atemluft. Als ich das nächste Blatt aufrollte, wurde mir die ganze Sache klar: Es zeigte ein schlittenähnliches Gestell, auf dem der Bootskörper ruhte, einen Rahmen, in dessen Mitte ein dickes Rohr frei unterhalb des Bootskörpers eingehängt war. Dünn eingestrichelt in den Rohrquerschnitt elf rechtekkige Flächen, die sich unschwer als Batterien erklärten.
Energieträger und Trimmgewichte außerhalb und unterhalb des Bootes. Das sah zwar merkwürdig aus, konnte aber wohl funktionieren.
Auch der Motor mit der Schraube schien außerhalb zu liegen. Zwischen Rumpf und Batteriekammer am Rahmen befestigt hatte er eine tropfenförmige Kapsel, lächerlich klein im Verhältnis zum Bootskörper.
Wenn Erhard das Ding genau so gebaut hatte, brauchte er wirklich nicht mehr, als einen Schalter für den Motor und die Steuerpedale für das Ruder. Aber etwas Anderes fiel mir ein: Was passierte, wenn der Motor versagte, die Batterien absof-

fen, wenn das Ding ganz einfach stehen blieb und die Nuss-Schale abzutreiben begann?
So wie es die Zeichnung zeigte, musste man die Kuppel abschrauben, um aus- und einsteigen zu können. Und das ging nur, wenn dieser Schlittenrahmen auf Grund gelaufen war.
Ich hatte meine Zweifel, ob die Batterien ausreichend Reserve hatten.
Auf Sicherheit war dieses Monstrum nicht konstruiert.
Als ich die Blätter zusammenrollte, lag darunter die Zeichnung – der Reiter auf den Wellen. „Wer den Bogen recht zu spannen versteht —„, es fiel mir wieder ein. Welch ein Preis, sich diesen Beweis zu erbringen!

Je mehr ich darüber nachdachte umso mehr glaubte ich zu begreifen, dass diese Fahrt für ihn ein Spiel gewesen war. Ein Spiel mit dem Leben, von dessen Ausgang er vielleicht eine schicksalhafte Entscheidung über Ende und Neubeginn erwartet hatte. Leichtsinn, Lebensüberdruss oder Inselkoller? Sicher keines von dem – dazu war die Vorbereitung zu gründlich und langwierig gewesen.
Nein, sicher hatte er es schaffen wollen, aber auf seine Weise eben und ohne Netz und doppelten Boden. Fair play mit dem Schicksal, und als Sicherheit ein altes japanisches Sprichwort.
Die Befriedigung über den „gelösten Fall" blieb aus.
Eigentlich blieb jedes Gefühl aus, ausgenommen vielleicht so etwas wie Enttäuschung. Ich fühlte mich müde, als ich die Zeichnungen zusammenrollte, in die Papprolle schob und zusammen mit Buch und Prospekt ins Regal zurücklegte. Auf dem Klappbett liegend rauchte ich lustlos eine Zigarette und lauschte auf die wechselnden Geräusche, mit denen der Wind die Regenschauer an die Scheiben warf.
Ich entsann mich, in Büchern davon gelesen zu haben: Wie Menschen nach längerer Zeit zurückkehrten an Orte, an denen sie früher waren und in der Regel war dann immer

inzwischen alles ganz anders geworden. Nur sie selbst glaubten anscheinend, die Gleichen geblieben zu sein.
Irgendwie hatte ich das Gefühl, dass mir das hier mit der Insel nicht so gehen würde. Aber meine Versuche, wie auf einem letzten Rundgang Erinnerungen zu sammeln, so wie Pilze in einen Korb, blieben ziemlich erfolglos. Vielleicht lag es daran, dass die Gewissheit, nicht mehr zurückzukommen, mich hinderte, wie in den vergangenen Sommern die Bilder in mich aufzunehmen. Und es waren ja nicht nur Bilder. Zu ihnen gehörten auch die Stimmungen – die Sorglosigkeit, die Muße, mit denen ich sie aufnahm. Nein – es war nichts geworden mit dem „letzten Blick", und schließlich fand ich, dass mir die Erinnerungen an die letzten Sommer doch lieber waren. Waren sie nicht schließlich so stark, dass sie selbst die Gegenwart immer wieder überstrahlten.
Und mir fiel der Nachmittag ein, an dem ich mit Pfeil und Bogen über den sonnendürren Hang zog, allein, durstig und müde – aber in bester Laune, weil ich in der Kiesgrube einen alten Plastikkanister mit meinen Pfeilen ungemein durchlöchert hatte.
Obgleich mir die Treffer eigentlich nicht mehr bedeuteten als den Beweis einer neuen Stufe, die ich erreicht hatte: Da war nichts mehr von Kontrolle über Stand, Haltung, Auszuglänge und Atem. Da war auch vor allem kein Kommando mehr, das mir „Jetzt!" befahl, die Finger der Pfeilhand löste und die Sehne freigab, den Pfeil auf die Reise schickte.
Nein – es geschah mir – und es gibt kein anderes Wort dafür – dass mein Visierpunkt von oben in gleichbleibender Bewegung sich auf das Ziel senkte und ein wenig unterhalb der Kante des blauen Farbflecks vor der Kieswand aus diesem langsamen Sinken heraus der Schuss sich löste.
Es traf sicher nicht die Bewegung der Pfeile, wenn ich dabei die Empfindung von Fließen, Gleiten oder doch von irgendeiner Art sanfter Bewegung hatte, denn eher schneller und kraft-

voller schienen die blanken Schäfte davonzujagen und bohrten sich tief durch beide Seiten des dickwandigen Behälters. An diesem Tag glaubte ich begriffen zu haben, worum es ging. Und als eine Wandergruppe in freundlichem Sächsisch mich auf meinem Heimweg anhielt und wissen wollte, was man "mit dem Ding da" anstellen konnte – es war auch von Flitzbogen die Rede -, da nockte ich ohne Zögern einen Pfeil und visierte einen alten fahlgelben Eimer an, der auf dem Eckpfahl des Zaunes um den verdorrten Garten, weit unten am Fuß des Hügels steckte.

Weder Entfernung noch Neigungswinkel hatte ich bewusst geschätzt, als ein imaginärer Punkt knapp oberhalb des Zieles meinen Pfeil abrief und ich hatte keinen Anteil daran, als er in sanftem Bogen abwärts glitt und als das gelbe Ding da unten, spröde gebrannt von der Sonne, in zwei Hälften zersprang, die zwischen die dürren Sträucher fielen.

Und ein bisschen war echt an der Gelassenheit, mit der ich nickte, umgewendet zu den sprachlosen sonnenbrandgeröteten Gesichtern, bevor ich langsam den Hang hinunterging, den Pfeil zurückzuholen.

37

Der Wind schien nachzulassen. Das feine Geräusch, mit dem die Regentropfen an die Scheiben prasselten, war verstummt. Im grauen Dämmern des Zimmers hörte ich in der Stille das Ticken der Uhr an meinem Handgelenk.
Es ging auf drei Uhr. Noch knapp zwei Stunden bis zu Abfahrt des letzten Schiffes.
Es war nicht viel aufzuräumen. Kissen und Decken zurück ins Regal, die Liege zusammengeklappt und hinter den Schornstein geschoben, dann blieb nur die Tasche zu packen. Mechanisch kaute ich an einem Brocken des hart gewordenen Brotes. Ich dachte so lange an Tee, an heißen Tee mit süßer Sahne, bis ich sicher war, dass ich einen haben musste.
Den Heizkörper ließ ich oben stehen, schaltete ab und zog den Stecker aus der Anschlussdose. Der rote Schein der Glühfäden auf den blanken Dielen erlosch. Die Kutte über dem Arm ging ich aus dem Zimmer, zog die Tür hinter mir zu, lief die Treppe hinunter in den Flur.

Ich kann nicht erklären, was mich veranlasste, stehen zubleiben im Flur und schließlich, statt in die Küche zu gehen, die Tür zur Werkstatt zu öffnen. Als müsse mir gleich einfallen, was ich hier wolle, als hätte ich etwas vergessen, ging ich zögernd hinein, sah mich um. Regungslos, im schwachen Gegenlicht des staubblinden Fensters, vor dem die frühe Dämmerung stand, ein schwarzes Klümpchen – eine Kreuzspinne im Winkel der Fensterleibung, im Zentrum ihres Netzes hokkend, das leer war.
Kein Staub, keine Fliege, keine Mücke – Spinne, dein Platz war hoch und trocken, aber gute Jagd würdest du hier nicht haben.

Der flache lange Karton lag auf dem Werkzeugschrank. Es war eine dieser Verpackungen, in denen Erhard seine Pfeile bezog, im Dutzend abgepackt, aus dicker grauer Pappe.
Er war sorgfältig verschnürt mit einer Bogensehne und schwer für seine Größe, als ich ihn herunternahm. Kakaobrauner Schleifstaub von Mahagoni wolkte vom Schrank, schmeckte bitter auf der Zunge. Aber ich vergaß es, als ich mit der Hand über den Deckel der Schachtel wischte:
Er trug meinen Namen, mit vollständiger Anschrift. Post für mich, dachte ich. Zur Selbstabholung, ohne Benachrichtigung, beim Absender persönlich abzuholen. Ich trat ans Fenster, legte das Paket auf die Hobelbank. Die Knoten waren festgezogen, das Sehnenwachs hatte das Garn verklebt. Es war unmöglich, die Knoten zu lösen. Ich versuchte die Schachtel zu schütteln, um aus dem Geräusch auf den Inhalt zu schließen, doch ich hörte keinen Laut. Unter der Klinge meines Messers, das ich unter die Verschnürung schob, sprang der Faden auf. Ich löste die Schnur, rollte sie auf, legte sie neben die Schachtel auf die Hobelbank. Dann hob ich den Deckel ab, die oberste Lage weicher Wellpappe und sah durch die dünne Folie darunter den Bogen.

Meine erste Reaktion war, den Deckel wieder aufzulegen. Ganz ruhig atmen. Er war ja da, mein Bogen. Und dann hatte ich viel Zeit, hing die Kutte in den Flur, stellte die Tasche hinter die Tür und ging wieder hinauf ins Zimmer unter dem Dach.
Es war alles da. Mittelteil, Bogenarme und auch die Sehne, mit sauber gespleißten Enden und einem aus Angelsehne gewickelten Mittelteil.
Sogar der Nockpunkt war mit grüner Seide fixiert und die Sehne war fest und geschmeidig von duftendem Bienenwachs.
Der Griff lag glatt und schwer in meiner Hand.
Das Holz schien zuerst fast schwarz unter dem glänzenden Lack, aber als ich die Wandlampe einschaltete und die

polierte Fläche dicht unter das Licht hielt, erkannte ich die flechtartige Maserung des Afrormosiaholzes. Das gelbe Licht der Glühlampe machte die Farbbestimmung schwer – ein dunkles Oliv schien mir die treffendste Bezeichnung. Sehr dunkles Oliv, mit Schwarz und Braun darin.
Ich wickelte die Bogenarme aus dem Seidenpapier , setzte sie an den Griff, zog die beiden brünierten, blau schimmernden Rändelschrauben an und hatte meine Freude an der Genauigkeit, mit der eines zum anderen passte.
Die Stellen, an denen die Bogenarme am Griff auflagen, hatte Erhard – wie bei seinem eigenen Bogen – mit dünnem weichen Leder beklebt, das die Passung absolut fugenlos machte. Was ich in der Hand hielt, war wie aus einem Stück, schwer und glatt, eine Vision von Kraft, Genauigkeit und Schönheit. Ich hing die Sehne in den unteren Bogenarm ein, zog das obere Ende vorsichtig über die Schulter nach vorn, hängte die Sehne ein.
Das Maß der Spannung stimmte. Zwischen gespreiztem Daumen und kleinem Finger erreichte ich vom Griff den Nockpunkt. Als ich aufstand, um den Bogen zu spannen, berührte die Spitze fast die Zimmerdecke.
Ganz langsam fasste ich die Sehne, holte sie ans Kinn, spürte bis in die Schultern die Spannung. Weich und glatt, in unmerklicher Steigerung der Kraft, waren die Spitzen der Bogenarme auf mich zugekommen: fest und ruhig lag der Bogengriff in meiner Hand.
Ich hielt ihn, zehn Sekunden, fünfzehn Sekunden, mühelos. Sorgsam, die Sehne festhaltend, ließ ich die Hand zurückgehen, spannte wieder, gab wieder nach.
Einen einzigen Pfeil, dachte ich die ganze Zeit – wenn ich nur einen einzigen Pfeil hätte! Es war mir unmöglich, den Bogen wieder auseinander zubauen, ohne ihn probiert zu haben.
Der Karton enthielt noch eine Lage Wellpappe, aber darunter war kein Pfeil. Hier oben war nichts mehr.

Also zurück in die Werkstatt. Den Bogen in der Hand stand ich ratlos unten. Auch der Korb, in dem Erhard die Holzpfeile aufbewahrte, war leer. Nichts.
Und wie beim ersten Male sah ich beim Hinausgehen wieder den verbogenen Schaft über der Tür der Werkstatt. Ich legte den Bogen auf die Hobelbank, nahm den Pfeil von dem hölzernen Türrahmen herunter. Wie von selbst glitt er in die Gerade zurück, als ich ihn vorsichtig zwischen den Daumen beider Hände entgegen der Krümmung streckte. Ich ließ ihn auf der Handfläche kreiseln, er rotierte sauber, ohne zu schwanken. Als ich mit einem Öllappen, den ich unter der Hobelbank fand, über den Schaft fuhr, glänzte er matt. Eine schwache Delle markierte die Stelle, an der er vorher verbogen war. Schlimmer war die Nocke. Zur Hälfte abgebrochen fasste sie eben die Sehne, aber ich musste den Pfeil zwischen Mittel- und Zeigefinger halten. Es gab keinen anderen Pfeil und da es der einzige war, den ich gefunden hatte, musste es auch der richtige sein. Hielt ich das Haar der Schildkröte in der Hand?

Ich sah aus dem Fenster. Oben am Weg war die Lampe schon eingeschaltet, die an den Holzmast der Freileitung angeschraubt war. Eine frühe Dunkelheit ließ die Schatten der kahlen Pappeln über der Hügelkuppe verschwimmen.
Und dann ging ich, Bogen und Pfeil in der Hand, ins Zimmer neben der Werkstatt, riegelte den schmalen Fensterflügel auf und trat hinaus auf die Terrasse. Gleichmäßig und dicht fiel noch immer der Regen in das weiche Gras, das unter meinen Füßen schmatzte vor Nässe. Unter der Birke lag der Holzrost, fest und verlässlich unter meinen Füßen.
Der Leitungsmast mit der Lampe lag etwas oberhalb meines Standortes. Der Lichtschein des flachen Kegelschirmes, von dem ich nur ein flaches weißes Oval erkennen konnte, schnitt einen Teil des nässeglänzenden Holzstammes aus der Dunkelheit, schwächte sich nach unten ab, zeichnete fahlstumpfes

Grau unregelmäßig auf den Rasen, glänzte glitzernd in den länglichen Pfützen des Weges. In steilem Winkel fielen die Regentropfen aufblitzend in dichten parallelen Bahnen durch den Lichtkegel.
Dann hob ich den Bogen.
Ich spürte den Regen nicht, als ich die Sehne am Kinn hatte. Über den winzigen Lichtpunkt auf der Pfeilspitze visierte ich den Mast an, registrierte im Unterbewusstsein die Differenz zum alten Scheibenstand, den ich in fünfzig Meter Entfernung vor mir wusste.
Als die Pfeilspitze über die Lampe abwärts glitt, wanderte sie ein wenig zur Seite, bis zu einem Punkt, an dem die dem Wind zugewendete Seite des hell angeleuchteten Mastes gegen die tiefe Schwärze des Hanges stand. Dann klang mein Bogen zum ersten Mal, jagte der Pfeil davon.
Vom Schirm der Lampe löste sich ein Kranz glitzernder Tropfen, fiel senkrecht ins Dunkel und gleich danach kam der Klang des getroffenen Holzes hart und scharf zurück.
Ich wusste nicht mehr genau, wie lange ich dort gestanden hatte, im Ohr den dumpfen Schlag des Pfeiles, vor Augen den Funkenregen der Tropfen im Schein der Lampe.
Aber ich fühlte mich auf eine unbegreifliche Weise einbezogen in ein Ganzes, das mir nicht mehr verloren gehen konnte, in die Einheit all dessen, was mich umgab und was immer ich erlebt hatte.
Alle Sommer waren in mir, aller Regen und aller Wind und alle Stille.
Und was alle Willenskraft nicht vermochte hatte – das Bild der Insel im Gedächtnis zu halten – das war mir plötzlich bewusst als ein Gefühl von gelassenem Gleichmut, das mich selbst zu einem Teil dieser Insel machte.

38

Erst als ich ins Zimmer zurückgekehrt war, sah ich auf die Uhr. Wenig mehr als eine halbe Stunde blieb mir bis zur Abfahrt.
Zeit genug, den Bogen trocken zu reiben, zu verpacken, den Karton zu verschnüren. So sicher fühlte ich mich, dass ich den Schlüssel vom Haken nahm, die Haustür öffnete und von draußen in aller Ruhe wieder verschloss. Klirrend fiel der Schlüssel durch den Briefschlitz auf die Fliesen.
Die Tasche in der Hand, den Karton unter dem Arm ging ich davon. Ich brauchte mich nicht umzuwenden, als ich unter dem Mast vorbei über den Hügel hinabging ins Dorf, Richtung Hafen. Nur auf den Pfeil warf ich noch einen Blick.
Steil wies der dünne Schaft in den dunklen Himmel, glänzende Tropfen rannen daran herab und in der gesplitterten Nocke aus transparentem Plast glomm fluoreszierend ein grüner Funke.

Niemand war mir begegnet, als ich am Hafen ankam. Über die schmale Planke am Bug des Schiffes ging ich an Bord, hinunter in den Fahrgastraum. Warmer Dunst von Diesel und Zigarettenrauch schlug mir entgegen. Erst auf der halben Strekke nach Stralsund kam ein Mann in einer nassen Gummijacke, der das Fahrgeld kassierte. Den Bogenkasten auf den Knien schlief ich ein, traumlos und fest.
In Stralsund wehte ein böiger Wind den Schlaf aus den Augen. Zum Bahnhof ging ich zu Fuß, fest unters Kinn geschnürt die Kapuze.
Niemand hielt mich zurück, nur eisige Windstöße zerrten an meiner Kutte. Schlimmer als Durst und Kälte waren Lärm, Rauch und der saure Geruch von schalem Bier, als ich die Tür

zur Mitropagaststätte aufstieß. So ging ich zum Zug, der bereitstand zur Abfahrt. Bahnhofsgeräusche ringsum, das harte Schlagen der Wagenkupplungen beim Rangieren in der Ferne. Weit fort schienen Insel und See, nur die Geräusche des Regens an den Scheiben des Wagenfensters erinnerten noch an das Haus auf dem Hügel.

Morgen würde Beratung sein, zur neuen Bebauungskonzeption für das nicht bestätigte Wohngebietszentrum. Was hatte ich anzubieten?
Die Fläche zwischen der Schule und dem neuen Jugendklub war locker mit alten Bäumen bestanden, Kernstück einer einplanierten Kleingartensiedlung, bei deren Räumung mit großer Gründlichkeit alle Obstgehölze beseitigt worden waren. So standen merkwürdig vereinzelt und zusammenhanglos einzelne Bäume auf der freien Fläche; hier eine Birke, eine Trauerweide, dort Blautanne und Lärche, die einst Sitzplätze vor altersschwachen Lauben beschattet hatten.
Papier und Kugelschreiber hatte ich in der Tasche. Den festen Karton mit dem Bogen auf den Knien als Unterlage begann ich, den Lageplan aus dem Gedächtnis zu skizzieren, trug die Bäume ein, das Wäldchen. Dachte mir Rasen dazu, sah den ausgehobenen Kies aufgeschoben zu einem Spielberg an seinem Rande. Wie von selbst entstand eine Spielfläche auf dem Rasen, angrenzend an den Sportplatz der Schule, gesäumt von breiten Hecken. Neben dem Jugendklub war Platz für ein Rollschuhfeld. Das war möglich. Das war sogar gut möglich. Und ich konnte morgen früh bis zum Beginn der Beratung meinen Lageplan noch auftragen zur Vorlage.

Ruckend fuhr der Zug an, pfiff misstönend, rollte aus dem Bahnhof, an grellen Lampen vorbei, die hastig springende Lichtbündel ins Abteil warfen, hinein in die Nacht.

Ich dachte an die morgige Beratung, glaubte die Stimme des Chefs zu hören: „Es kann nicht unsere Aufgabe sein ...“
Er hatte recht. Wir waren eine Hochbauabteilung, keine Landschaftsplaner. Aber ich könnte es erst einmal versuchen, vielleicht den Stadtrat für Kultur interessieren, der seinem Wohngebietsklub nachtrauerte.

Ein Sportplatz, ein Rollschuhfeld, ein Wasserbecken.
Schattige Wege unter Bäumen und Sitzecken zwischen grünen Hecken.

Und ich dachte auch daran:
Eine schmale Schneise, mehr als fünfzig Meter lang, eine langsam zuwachsende Allee inmitten des Wäldchens, war eine ideale Anlage zum Bogenschießen, Platz für drei Scheiben nebeneinander.

Aber davon würde ich morgen nicht reden.
Morgen noch nicht.

PFEIL UND BOGEN AUS PAPIER

Faszination Bogenschießen
ist **das** Thema im Verlag Angelika Hörnig.
Besonders der einfache Bogen ohne Visier
und andere Hilfsmittel hat es uns angetan.
Wenn sie mehr darüber wissen möchten
sind sie bei uns richtig.
Wir sehen unsere Aufgabe darin, Information
und Wissen rund um das Thema Bogenschießen
zu verbreiten.

Viermal im Jahr geben wir eine Zeitschrift heraus :
TRADITIONELL BOGENSCHIESSEN

Die aktive Mitarbeit der Leser, ein reger Austausch
von Erfahrungen und Meinungen
ist dabei ein wesentlicher Bestandteil;
denn wir wollen damit Verbindungen schaffen,
zwischen allen, denen
Pfeil und Bogen etwas bedeuten.